花嫁のれん
大女将の遺言

小松江里子

幻冬舎文庫

花嫁のれん　大女将の遺言

花嫁のれん　大女将の遺言

目次

良き思い出は、心の宝。
その宝をつくっていただくことこそ、
おもてなしの心。

第一章　ぼちぼちのおもてなし

一

今日も頑張るまっし。

奈緒子《なおこ》は、母屋《おもや》から旅館へと続く畳敷きの渡り廊下を渡りながら、着物の帯締めをキュッと締め上げた。

頑張るまっしとは、金沢の方言である。

この土地に来て早や十年、ようやく身についた言葉となった。

今朝は、爽やかな花緑青色《はなろくしょういろ》の加賀《かが》友禅《ゆうぜん》を選んだ。襟元には、藤の花房模様が染め上げられ、裾には、山間《やまあい》の新緑の木々をイメージした若葉が丁寧に描かれている。

今はちょうど桜が散り終わる頃合い。

これからの季節を先取りした絵柄は、お客様の目を楽しませてくれる。

これも旅館のおもてなしの一つである。

「さあ、梅の間、焼き物があがったぞ」

「楓《かえで》の間も、用意できました！」

板場から板長である辰夫《たつお》や板前たちの活気ある声が聞こえる。

ここは、金沢の老舗《しにせ》旅館「かぐらや」。

浅野川《あさのがわ》に架かる梅の橋を左手に、その向こうにはひがし茶屋街、右手には卯辰山《うたつやま》が見守るようにそびえる。

町には、和菓子屋や酒蔵、味噌屋に麹屋《こうじや》など、古くからの店が立ち並び、加賀百万石の城下町であった風情《ふぜい》を今でも残している。

その中で、「かぐらや」は老舗中の老舗。明治から百年以上も続く伝統と格式のある老舗旅館。

奈緒子が、この旅館の長男の神楽宗佑《かぐらそうすけ》と結婚し、仲居として働き始めたのは十年前。そのあと修業を経て、女将《おかみ》になってからは七年である。

「苦労に苦労を重ねて、ようやくここまできたわね」

東京にいる実家の母の美也子《みやこ》などは、いまだにそう言い、深い溜息をつく。奈緒子がこのかぐらやに嫁として入ることを一番反対していたのもこの美也子だった。

老舗旅館に嫁ぐことがどれだけ大変か、会社員の夫を持つ家庭の主婦でさえ、よおくわかっていたに違いない。

だが、奈緒子は苦労などと思ったことはない。もちろん大変だったことは確かだ。けれど、何があっても、笑顔があれば大丈夫。

もともと、そういう楽天的なところが奈緒子にはある。それに、女将になりたいと思ったのは奈緒子だ。ならば、その女将になるための修業もまさに自分が選んだ道である。

けれど、アレにはほとほとまいった。

金沢では、他所《よそ》から来た人のことを「えんじょもん」と呼ぶ。

東京で生まれ育った奈緒子は、まさにそのえんじょもんであり、老舗旅館の嫁としてふさわしくないと、このかぐらやの大女将であり姑《しゅうとめ》である志乃《しの》は、奈緒子を最初から嫁として認めていなかった。

そのため、この地方の婚礼の風習である「花嫁のれん」さえ、なかなか潜《くぐ》らせてもらえなかったのだ。

「花嫁のれん」とは、婚家に嫁ぐ時、その家の仏間の前に飾る暖簾《のれん》で、それを潜って、「今日からこの家の嫁になります」という挨拶を先祖にする、いわば嫁としての覚悟の暖簾である。

「今時、嫁になる覚悟なんてね、時代劇じゃあるまいし」

美也子は、そのことでも不満を口にしていたが、それがいまだに残っているのが、この金沢の地なのだ。

そのため奈緒子は「花嫁のれんを潜ってもいない、えんじょもんの嫁が！」と姑である志乃から事あるごとに言われ続け、肩身の狭い思いをしてきた。

まあ、世に言う嫁いびりのようなものではあるが。

けれど、今から思えば、愛情を込めて、そうおっしゃっていたんですよね。

大女将、いえ、お義母《かあ》さん。

微笑《ほほえ》みかけたその時、ヒヤッと寒気がし奈緒子は結い上げた襟足の首をすくめた。

ブルッと体が震える。

──ほんまに何でもええように考える嫁や。謙虚さが足らんのや。

──ほやけえ、いつまでもえんじょもんの嫁と言われるのや。

「え？」

思わず辺りを見回す。

いつもの志乃が叱責《しっせき》する声が聞こえた気がしたのだ。

と、旅館側の廊下の片隅で仲居頭の房子《ふさこ》が何やら、新人仲居の優香《ゆうか》に小言を言っているのが見えた。

また、何か。

このかぐらやでは、事の起こらない日がない。

もう一度、帯締めを締め直すと、急ぎ足で向かう。

「房子さん、どうかしたんですか？」

声をかけると、うんざりしたような顔を房子が向けた。

「あ、女将、ちょうどよかった、聞いて下さいよ。桔梗《ききょう》の間のお客様からクレームがきて」

「クレーム？」

「はい。担当の仲居が愛想がなく気が利かないと。かぐらやでは、客が喜ぶもてなしを教えてないのかと言われまして」

優香が目を伏せる。

優香は三か月前に入ったばかりの能登《のと》から来た娘で、もう二十を四つも過ぎているが、髪を後ろに束ねおでこを出したその顔立ちは、小づくりで愛らしく、あどけない表情をする時などは、まだ少女のようでもある。

桔梗の間はその優香の担当だ。

「だから、この朝の忙しい時に、こうしてお客様との間に何があったのかと聞いてるんです」

そう言うと、また優香に向き直り、小言を続けた。

「あのね。黙ってたんじゃわかりませんよ。ちゃんと筋道立ててお話ししなさい」

「……はい……」

「だから、はいじゃなくて、どうしたのかと聞いてるんです！」

そのビシリとした声に奈緒子までが思わず、背筋を伸ばしてしまう。

奈緒子は五十路を超えたところだが、房子は奈緒子より一回り以上年上で、背も奈緒子より低く小柄であるのに、その活力は凄い。今日も朝から全開の勢いである。

「ほんとにハッキリしないんだから。そんなことだから、掃除一つ、いまだに他の仲居さんたちの倍はかかるんですよ。いいですか、仲居の仕事はスピードも大事。手早く、きれいに美しくってね。大体、優香さん、あなたはね、のんびりというか、ゆっくりし過ぎているんです。もっとこう、キビキビテキパキと……」

話が少しぐらい脱線してもお構いなしだ。

まだまだ続きそうで、これでは優香も答えようにも答えられない。

「あの、房子さん、ここは私が……」

「ですが、仲居の教育は仲居頭である私の責任ですので」

房子は、金沢一、いや北陸一と言われる仲居頭で、仲居たちへの指導が厳しいことでも有名である。何人、いや何十人、この房子のもとで、その指導という名のしごきを受け、若い仲居たちが辞めていったか数知れない。

かぐらやも例外ではない。そのお陰で新しい仲居がいつかない。

今回も、そんなことになったら大変だ。優香は、わざわざ人を介して、働きに来てもらったのだ。

「わかってます。でも」

「でも？　でもとは、何でございましょうか？　私が注意するのは差し出がましいとでも？」

フチなしの眼鏡の奥から上目遣いにチラッと見る。

あ……。

この目付きは要注意である。こっちにとばっちりがきそうな気配だ。

「あの、そうではなくて、ただ……」

「ただ？　ただとは？」

体をグイとすでに奈緒子に向けている。

と、板場から少し苛立《いらだ》つ辰夫の声が聞こえた。

「誰もおらんのか？　料理が冷めてしまうやないか」

「あ、はい、今行きます！　ほら、房子さん！　板長がお呼びです！」

有無を言わさず、両手で房子の肩を回して、その背中を押しやった。しぶしぶだが、板場につながっているすぐそばの配膳室《はいぜんしつ》に房子が入るのを見届けると、その隣の仲居部屋へと優香を連れて入った。

仲居部屋は、六畳ほどの広さの畳敷きに丸いテーブルが置いてあり、仲居たちが休憩時間ここでくつろげるようにしている。奥にはカーテンで仕切られたそれぞれの更衣室もある。

ちょうど他の仲居たちはいない。

戸を閉め二人になると、慰《なぐさ》めるように言った。

「房子さんも悪気があるわけじゃないのよ。ただ、せっかちなだけでね」

「わかってます」

その言葉にホッと一息つく。

「で、どうしたの、優香さん」

奈緒子が安心させるように微笑みかけると、ようやく優香が話しだした。

「そやから、それがおもてなしで聞こえたかぐらやのもてなしかと言うとんのや！　背中を流してもらいたいと言うたんは、そこにいる仲居や、あんなおっさんやないわい！」

胡坐《あぐら》をかきながら、朝食のおかずを平らげ、最後にご飯を茶漬けにして、口一杯頬張りながらどやしつける。ご飯粒が飛ぶのもお構いなしだ。

不機嫌この上ない顔をしている桔梗の間のこの客は、大阪から来た熊川《くまかわ》という五十代後半の男性で、職業の欄には詳しいことは書かれておらず、自営業とだけ記されていた。かぐらやに来られるのは、今回が初めてのお客様である。

「本当に申し訳ありませんでした」

開けた障子を背に、丁寧に両手をつき、奈緒子は頭を下げた。

この熊川からは、昨日、旅館に着いた早々にも「部屋を変えてくれ」との申し出があった。

「ワシは、一番ええ景色が見える部屋がええのや」

かぐらやの客室は、玄関を入り、談話室の前の廊下を通ると左手の階段を上った二階にある。花や木の名前をつけた部屋が十四室。どの部屋の窓からも、金沢の町やその自然の景色が見渡せる。

だが、「一番いい景色」に熊川はこだわった。

「そや、何や小説や映画にもでた有名な川があるんやろ？　その川が見える部屋がええわ」

金沢には浅野川、そして犀川《さいがわ》という二つの大きな川が町を流れていて、穏やかで優美な流れの浅野川は「女川」、雄々しい流れの犀川は「男川」とも呼ばれている。

かぐらやからは、その浅野川が見下ろせるのだが、その部屋はすでに別のお客様がいらっしゃる。予約の時に、すでに埋まってしまっていたのだ。

それで事情を丁寧に説明し、卯辰山がよく見えるこの桔梗の間になったのである。

「同じ料金払《はろ》てるのに、損してる気分やな」

その時から、不満を口にしていた。その腹いせでもないだろうが、その後も部屋に飾っている掛け軸、夕食のメニューなど、次々にああしろこうしろと部屋付きになった優香に言いつけていたらしい。

そして夕食後、食事の世話についていた優香に、この後、温泉でひと風呂浴びるから背中を流すようにと、また言いつけたのである。

だが優香はそれが出来ず、一階の浴場の入り口の前で途方に暮れていたところ、昔で言う番頭であり、今は支配人の増岡《ますおか》が気づき、優香から話を聞くと、「それではわたくしが」と申し出てくれ、代わりに背中を流したそうだ。

あんなおっさんとは、その増岡のことである。

それがよほど気に入らなかったのだろう。今朝、「態度がなってない」と房子にクレームをつけたのだ。

奈緒子の斜め後ろに控えている優香も顔を強張《こわば》らせながら、頭を深く下げている。

だが、熊川は語気《ごき》を緩める気配はない。

「あのな、金沢で一番のおもてなしの宿と聞いたから、ワシはここに来たんや。そやのに、これが老舗旅館かぐらやの世に聞こえたもてなしか。え！　あんたが女将やろ、どう躾《しつ》けとんねん！　聞かせてもらおやないか！」

「誠に申し訳ございませんでした。この通りでございます」

先ほどより、より低く頭を下げた。

その姿を見て、自分の思いがこれで通ると思ったのだろう。「それやったら、勘弁《かんべん》してやらんでもないけどな」と急に馴れ馴れしい口調に変わり、「どうや？　これから朝風呂に入って、この仲居さんに背中流してもらおか。それがええわ。今日は大阪に帰ってから、また仕事や。その前にリラックスや。リラックスは大事やさかいな。体も気持ちもほぐすさかい」そう言いながらニヤニヤする。「そや、着物では濡れるとアカンから、水着に着替えてきてくれてもええねんで。そしたらワシも背中を流したるさかい」と今度は優香をいやらしい目付きで見だした。すでに優香は俯《うつむ》きながら泣きそうだ。

お客様へのおもてなし。

それが老舗旅館、いや、日本旅館の伝統である。

お客様の意に沿うように接客するのが、女将、そして仲居の心得でもある。

「わかりました」

「よっしゃ！　ほな、早速」

立ち上がりかけた熊川に、奈緒子は上げた顔を向けた。

「お客様には、かぐらやならではの朝風呂をご用意させていただきます」

「かぐらやならではの？」

「はい」

ニッコリと奈緒子は微笑んだ。


玄関横の帳場で増岡が長く深い溜息をついた。

事務机やパソコン、四人掛けのソファなどが置かれ、ここでお客様の予約を受けたり、業務の打ち合わせをしたり、仲居たちの出勤日程を調整したりする事務方の部屋である。

「あのお客様が非常識なお申し出をされたというのに……」

増岡は、五年ほど前に神楽家の親戚筋の能登の老舗旅館から、かぐらやにやって来た。年はもう還暦《かんれき》を超えている。「接客業は、みだしなみが大事でございます」と髪はいつも短く刈り、かぐらやの銘が入ったはっぴは毎日糊付《のりづ》けし洗濯している。実直な人柄で、忙しい時などは仲居の仕事も手伝ってくれたりする。それで夕べも、優香の代わりに熊川の背中流しを買って出てくれたのだ。

「いくらお客様といえど、若い娘さんに風呂場に一緒に入って背中を流せとは、あまりにもな話でございます」

奈緒子の向かいに立っている増岡は憤慨《ふんがい》しているようだ。と、その隣に並んで立っていた房子が横合いから口を挟んだ。

「ですが、まあ、昔から、そういうことをおっしゃる男性のお客様は、たくさんいらっしゃいましたからねえ。私なんかは、それにも笑顔で耐え、着物の裾を上げて帯に挟み、腰ひもで襷《たすき》掛《が》けにし、ごしごしとお背中をお流ししたものでございます」

「まあ、房子さんなら、それもありかとは……」

「は？　それはどういう意味です？」

「あ、いえ……大した意味はございませんです」

睨《にら》みつけられ増岡が慌てて口を閉じた。

「ですが、足湯とはねえ」

房子が話を続けた。

あの後、奈緒子は温泉のお湯の入った桶《おけ》を優香に客室まで運んできてもらい、そのお湯で熊川の足を洗いながら揉《も》みほぐしたのである。

女将自らのその世話に、熊川もさすがにもう文句は言わず、広縁の窓際の椅子に座り、足を湯につけ、されるがままになっていた。

窓越しに、ちょうど卯辰山がその目の先に見える。うっすらと緑がかかり、山の息吹が感じられるこの季節ならではの景色である。

「山もええもんやな」

屈《かが》んでいる奈緒子の耳にも、そうボソッと呟《つぶや》くのが聞こえた。

ガラス窓越しに差し込む日の光も穏やかで温かく、よほど気持ち良かったのだろう。見上げると、熊川は先ほど起きたばかりなのに、またウトウトしだしていた。

奈緒子は微笑むと、そばにいる優香に目で合図し、優香が交代すると薄い毛布をそっと熊川に掛けた。熊川が目を開けた時には、先ほどの不機嫌な表情は消えていた。

「熊川様、これでリラックスされ、今日もお仕事頑張れそうでございますか？」

出立する熊川に奈緒子は玄関で両手を揃《そろ》え笑顔で声をかけた。

少しは満足していただけたに違いない。そう思っていた。

だが、違った。

「ぼちぼちのおもてなしやな」

熊川はそう言い残し、帰って行ったのだ。

これには奈緒子も返す言葉が見つからず、ただ深く辞儀して見送るしかなかった。

「まあ、いい思い付きではありますが、お客様が気に入られなかったら、しょうがありませんしねえ。やはり無理にでも、優香さんにお背中をお流しさせても、よかったんじゃありませんか？」

「いいえ、それは出来ません」

奈緒子もここはハッキリと答える。

おもてなしは無理強《じ》いしてさせるものではない。

そこに、このお客様のためにという思いがあるかどうかが大事なのだ。

「そうでございます。房子さん、良くないのは、あのお客様です」

恐る恐る増岡が口を挟む。

「それに、あのお客様が申されたことはセクハラでございます。旅館の方でも、仲居さんに無理にそんなことさせたら、セクハラに加担してるとか何とか言われかねません。そこは気をつけなければならないかと」

だが、増岡が言い終わるのも待たずに房子が言い返した。

「セクハラでも結構です！」

その迫力に、また増岡が口を閉じる。

「それより、お客様にぼちぼちのおもてなしだと言われるとは、かぐらやともあろう老舗旅館がなんたることかと申し上げているんです！」

増岡に向かって言ってはいるが、奈緒子に聞かせたいのであろう。奈緒子とて、かぐらやのおもてなしが、ぼちぼちだと言われるとは思いもしなかったことであり、気持ちの動揺がまだおさまっていない。

「房子さん、私のまだまだ女将として至らないところです。すみません、反省しています」

奈緒子は素直に謝った。

房子はアッサリしているようで、どこか少しネチッとしているところがある。

「そんな……女将が私に謝るなんて、とんでもございません。私の方こそ、仲居頭の分際で女将である奈緒子さんがされたことに、とやかく口を出すことではございませんでした。こちらこそ、申し訳ございません」

そう慇懃《いんぎん》に言うと、「でもねえ」と続けた。

やはり一言言わねば気がすまなかったのだろう。

「あのお方がお知りになったらと思うとねえ」

「あのお方……」

増岡が姿勢を正す。

奈緒子もハッと息を止めた。

「はい、あのお方でございます」

房子もシャキッと背筋を伸ばした。

「このかぐらやの大女将が生きていらしたら、何とおっしゃったかと」

大女将である志乃が、突然亡くなった。

半年前のことである。

二

奈緒子が初めて志乃に会ったのは、十年前の夏の盛りだった。

宗佑とは、大学生からのつきあいで、離れてもまたよりを戻すを繰り返し、とうとうどちらが観念したのか、互いに四十になってようやく結婚。当時流行《はや》っていたアラフォー婚である。

宗佑が金沢の老舗旅館「かぐらや」の長男であることは知っていた。だが、宗佑は大学を卒業した後も、ずっと東京でくらしていたし、まさか女将になる女性と結婚し、かぐらやを継ぎに戻ると、大女将であり母親である志乃に約束していたとは全く知らなかったのだ。

その頃、奈緒子は東京の旅行会社に勤めていて、主任にもなり仕事が面白くて仕方なかった時でもあったし、もし知っていても、辞めるつもりなどとうていなかったであろう。

それに宗佑も、「結婚しても、共働きでやってこうよ。奈緒子は好きな仕事を続けろよ」と、疑う余地もないほどあっけらかんと言っていた。

今から思えば、何もよく考えずに生きている宗佑という男の、そんな言葉を信じたのがそもそもの間違いだったのだ。

二人して、結婚の報告に、かぐらやにやって来た時のことを、今でもまざまざと奈緒子は思い出すことが出来る。

浅野川沿いの道を少し折れるとなだらかな坂道が続き、平坦な小高い丘に出る。その先に木の門が見える。その門には、格調高い古い書体で「かぐらや」と書かれた額が飾られていた。

その日、金沢の町はその夏一番の猛暑で日差しもきつく、奈緒子は眩《まぶ》しさに目を凝らしながらその額を見上げた。

奈緒子の旅行会社では、主にツアーの団体客を扱っていたので、こういう個人向けの旅館に来ることはない。そのため、奈緒子も初めてのかぐらやであった。

門の中には、水打ちされた飛び石が続いており、そこを歩くと、旅館が見えてきた。明治に建てられた二階建ての建物は、古びてはいるがやはり見るからに風格と老舗の趣があった。玄関の引き戸のガラスには、これも明治頃に作られたものなのであろう、神楽家の家紋であるカキツバタの花が彫り込まれている。この旅館、そして神楽家をずっと守り、大切にしてきた先祖の思いが伝わってきて、思わず足を止めた。

何か大変なところに来たのではと、この辺りから奈緒子も感じ始めていたのだ。

「おい、母屋はこっちだよ」

宗佑は、そんな奈緒子の戸惑いにも気づかず、裏庭を通って母屋の玄関へと向かった。慌てて、その後に奈緒子も続く。旅館と同じ敷地内にある母屋へは、建物の中で渡り廊下でつながっているらしい。

母屋の奥の座敷では、すでに志乃と辰夫が二人を待っていた。宗佑の父親の辰夫は、かぐらやの板場を預かる板長でもある。

そんな両親の前に奈緒子と宗佑は座った。結婚を決めたことをまずは宗佑が告げた。

志乃は静かに聞いていた。そして、宗佑の話が終わった後、口を開いた。

「ほんなら、ずっと東京でくらすんやね。このお人と」

「はい……」

「そうか、なら、好きにするまっし」

「じゃ、奈緒子との結婚認めてくれるんですか？」

宗佑が嬉しそうに顔を上げて志乃を見た。

と、次の瞬間である。志乃が腹の底から一喝した。

「宗佑、あんたは勘当《かんどう》や！」

そして、奈緒子を容赦なく睨みつけた。

「このかぐらやに、えんじょもんの嫁を迎えるわけにはいきません！」

その迫力に奈緒子は固まり、扇風機が回転するその座敷は、じわっと汗がにじみ出るように蒸していたにもかかわらず背筋に寒気が走り、ブルッと震えがきたのである。

この時からである。

志乃の叱責の気配がする度に、奈緒子の背中がゾクッとするようになったのは。

ほうほうのていで逃げるように帰ったのは言うまでもなく、二度とここに来るつもりはなかった。

だが、その後、宗佑が手を出した事業が失敗し、失踪。しかも借金を残したままで、その保証人は奈緒子である。そのうえ、奈緒子の勤めていた旅行会社が倒産。まさに踏んだり蹴ったりである。そこへ志乃が借金を立て替えてもよいと申し出た。だが、その条件が宗佑と離婚すること。

「いいじゃない。そうしてもらいなさい。宗佑さんも根はいい人だけど、あんな夫がいたんじゃ、あんた苦労するわよ。早く別れた方がいい」と美也子も大賛成した。

だが、今度は奈緒子が「夫の借金は、妻の私が返します！」と、志乃にまるで啖呵《たんか》を切るように、かぐらやの仲居として働きながら返済するとキッパリと申し出た。

志乃に反対されながら結婚した嫁の意地でもあったが、ここで待っていればきっと宗佑は帰って来る。そんな妻としての思いがまずは一番であった。

半ば強引な押しかけ女房ならぬ、押しかけ仲居として、奈緒子はかぐらやで働きだした。

志乃は迷惑この上ない、早く出て行ってくれと思っていたに違いない。

しかし、「女将の素質あり」、志乃は奈緒子を、そう見抜いたのだ。

そして、奈緒子の方も、旅館でお客様に接しているうちに、「女将になりたい」と思うようになっていた。

「たくさんの人にいい思い出を一杯つくってもらいたい」

奈緒子は旅行会社でも、その一心でお客様のお世話をしていた。

人は、何かに傷つき、悩んでいたとしても、いい思い出があれば、また元気になれる。お客様には、そんな人生の思い出をつくってもらいたいと。

そして、ここに来て知ったかぐらやの女将である志乃の志。

良き思い出は心の宝。

その宝をつくっていただくことこそ、おもてなしの心。

その志が奈緒子の思いと重なり合ったのだ。

それからである。奈緒子の女将修業が始まったのは。獅子《しし》が我が子を谷底へ突き落とすように、志乃は奈緒子に次々と試練を与え続けた。

一つ終われば、「あと一つ」、それが終わっても、「あと一つ」と。

だが、そのどれにも、志乃が奈緒子に伝えたかった女将としての教えがあった。

奈緒子はもともと人の世話をすることが好きで、気配りも出来、愛想の良さもある。

それに旅行会社にいた頃はツアーの添乗員も務めていたので、団体客がよく利用する旅館などでは、仲居たちの仕事を手伝ったりもしていて、その仕事も一通り身についていた。

そんな生来の気質と、それまでの仕事で培った経験とで、志乃が与えた修業は、どれもこれも大変ではあったが何とか無事に乗り越えてきた。

そしてようやく、かぐらやの女将襲名披露《ひろう》を迎えるまでにたどり着いた時に、志乃が奈緒子に与えた次の修業が、何と日本舞踊《ぶよう》であった。

奈緒子はその年まで踊りなど習ったこともなく、全くの初心者である。それなのに、その踊りを金沢の名士や旅館の女将たちを前にして、お披露目《ひろめ》の席で踊ってみせるように告げたのだ。

もちろん奈緒子は「それは出来ません。無理です」と必死になって断った。辰夫や失踪からようやく戻ってきていた宗佑も、「ちょっとそれは可哀そうやないか?」「そうだよ、奈緒子が恥をかくだけじゃないか」と反対してくれた。けれど志乃は「奈緒子さんにはどうあっても、踊ってもらいます」と引かなかった。

この件では、嫁と姑の間がますますこじれかけた。だが、そこにも志乃の女将としての教えがあったのだ。

「出来んからこそ、初めの心、基本の心を思い出せるのや。私は、その心を奈緒子さんに身につけてもらいたかったんや」

志乃はそのために、無理を承知で奈緒子に課したのである。

それを知り、奈緒子は自分の考えの浅はかさを反省した。日本舞踊も頑張って練習に練習を重ね、襲名披露では何とか踊ることが出来るようにまでなった。もちろん、付《つ》け焼刃《やきば》の踊りではあったが、大切なのは見事に踊ることではないのだ。

女将の修業は永遠に続くもの。その修業に終わりはない。

そのためにも、初心忘るるべからず。

奈緒子は今でも踊りを続けており、その教えを肝に銘じている。

志乃は、いつでも、そんな一歩先のことを修業として奈緒子に与えた。

奈緒子は、そんな志乃がいたからこそ、女将として大事なものを教えられ、ここまで成長してこられたのである。

志乃は、ただ器量がいいだけの女将ではなかった。懐深く、すべてを受け入れる度量もあった。

「旅館の不始末は、すべてその頂に立つ女将の責任」

その言葉通り、どんな時も逃げることをせず、ミスをした仲居たちを責めることもなく、一手にその責任を引き受けた。

まさに、一国一城を預かる武将と同じ。

一つの城である旅館を守り抜く、女の将、正真正銘の女将であったのである。

奈緒子も「えんじょもんの嫁」と言われながらも、そんな志乃を心から尊敬していた。

先に志乃が言う。

「良き思い出は心の宝」

そして奈緒子が続く。

「その宝をつくっていただくことこそ、おもてなしの心」

二人並んで、いつも玄関でお客様をお見送りしていたのだ。

なのに……。

あの日は、秋の終わりの底冷えする朝だったことを奈緒子は覚えている。

月一恒例の女将会に出席しようと、出かける寸前に母屋の玄関先で志乃は倒れた。救急車を呼び病院に運んだが、その日のうちに亡くなってしまった。

死因は大動脈解離《だいどうみゃくかいり》であった。血管の中の膜が裂けて壁を作り、血流が堰《せ》き止められることから、心不全や心筋梗塞《しんきんこうそく》などを起こすのだ。

「なんや最近、背中の辺りが痛いのや」

旅館での一日の仕事を終えて母屋に戻り、一息つきながら、幾度となくそう言っていた。今から思えば予兆だった。秋の紅葉シーズンで部屋は満室続き、志乃もわかっていて、これが落ち着いたらと痛みにも我慢していたのだろう。

あの時、病院に行くように勧めていたら。奈緒子は幾度後悔したか知れない。

「ワシより先に逝《い》くなんて……」

夫である辰夫も背中を震わせ泣き続け、憔悴《しょうすい》しきった。

腕のいい板前だった辰夫は、若い頃に志乃と恋中になり、このかぐらやに婿養子として入ったのだ。それからずっと板場でかぐらやの味を守り続け、この金沢だけでなく、日本中からその料理を食べに客が絶え間なく訪れる。

その辰夫も、数年前に脳梗塞で倒れたことがある。

志乃が寝ずの看病をし、旅館の方も休みをとって付きっ切りで世話をした。その甲斐もあって快復し、また板場にも立てるようになったのだ。これからも、「二人一緒に年を重ねていきまっしょい」と微笑み合う仲の良いおしどり夫婦であった。

「何があってもあの人より先に死ねんわいね」志乃もいつもそう言っていた。

傘寿《さんじゅ》を祝ったばかりだった。

志乃なら、八十八歳の米寿《べいじゅ》を過ぎても、かぐらやの大女将であり続けると誰もが信じて疑わなかったというのに。

きっと、こんなにあっけなく死んでしまうなんて、本人も思ってもいなかったに違いない。

――こんなはずじゃなかった。

――あ〜しくじりました。

今頃、空の向こうで溜息をついている志乃の顔が、奈緒子には見えるようだ。

三

「ぽちぽちのおもてなしか。面白いこと言うな、その大阪のお客さん。まあ母さんがいたら、間違いなく、『そんなことでどうするまっし！』って奈緒子のこと、怒鳴りつけてただろうな」

「ちょっと……」

溜息交じりの愚痴《ぐち》を言っていた奈緒子の背筋がまたブルッとし、首をすくめる。

奈緒子が座っているカウンター席の前の厨房《ちゅうぼう》では、藍染《あいぞ》めで作ったチャイナ服の仕事着を着た宗佑が、自慢の小籠包《ショーロンポー》をお弁当箱に詰め込んでいる。

ここはひがし茶屋街にある「かぐらや弁当のお店」という名の店である。

ひがし茶屋街は、石畳が続く通りの両側に江戸時代からのお茶屋が立ち並び、春、夏、秋、冬と季節を問わず多くの観光客がひっきりなしに訪れる金沢の観光の名所だ。

その通りから一本入った路地の一角に、この「かぐらや弁当のお店」はある。

店内は、落ち着いた木造りだが、中華街を思わせる赤をアクセントにした装飾が所々にほどこされ雰囲気をかもし出している。

客席は、カウンターの他に四人掛けのテーブルが二つほど。大体は、お弁当を買いに来るお客である。

今も、店の外で待っている客の注文を受け、作っている最中だ。

旅館の仕事の休憩時に奈緒子はよくここにやって来る。

奈緒子の今の装いは、女将の着物ではない。淡いレモン色の薄手のセーターに白いパンツという服装で、すらりと伸びた手足を覗《のぞ》かせ、旅館では結っている髪も肩まで下ろしている。もともとが奈緒子は整った丸い顔立ちで、二重の目元もぱっちりし頬もふっくらしているので実際の年より下に見られがちなのだが、こういう恰好《かっこう》をしているとますます若く見られる。そうなると誰もあの老舗旅館かぐらやの女将だとは気づかない。そのうえ夫の店とくれば、思いっきり息抜きも出来、溜息もつけるのだ。

「よっしゃ、出来た！」

宗佑が手際よく包んだ弁当を入り口脇の小窓越しに待っている客に渡し、代金を受け取りながら声をかける。

「また、よろしくお願いしますね。いつでも、ここで店やってますから。かぐらや弁当のお店、今後とも是非とも、よろしくお願いしまあす！」と愛想のいい笑顔で見送っている。

金沢で生まれ育った宗佑は、東京でのくらしも長く、どこかあか抜けた都会的なセンスもあり、よくよく見れば鼻筋の通ったきりっとした男前でもある。

なのに、「素敵」とならないのは、その素行に問題があるからだ。

「男には、夢とロマンが必要なんだよ」

それが口癖で、ちゃんとした職につかず、その時の流行りのベンチャー事業にいつも手を出す。

結婚当初の十年前、借金をこしらえ失踪した後も戻って来てはまた事業を起こし、そして失敗。また借金を残したまま失踪と、それを幾度となく繰り返した。そして、その借金の保証人になっていた奈緒子や志乃がいつも尻拭いさせられていたのだ。

「我が息子ながら情けない……学習ということが出来んのや」

辰夫などは、とうに見放していた。

だが、この宗佑もやる時はやる。

二度目の失踪の時、宗佑は台湾にいた。

そこで、小さいが繁盛《はんじょう》している小籠包の店の味にほれ込み、汗水流してその店で働き、その味を身につけたのである。

そして、七年前。

今度こそ、しっかり立ち直ってくれると信じて、奈緒子は宗佑と一緒に二人して、志乃に頭を下げ頼んだ。

「ほんとに、これが最後です。どうか、宗佑さんに金沢で小籠包の店を持たせてやって下さい」

志乃も今度こそはと信じてくれ、かぐらやの近くのこのひがし茶屋街で店を出すことを許してくれたのだ。

お弁当の中身は、もちろんその小籠包だが、もう一品添えられているものがある。

それが奈緒子の作るかぶら寿司である。

金沢の郷土料理で、かぶに切れ目を入れてブリを挟み、麹で漬けこむお漬物である。金沢の主婦の家庭料理の一つでもある。

そんな二人で作り上げた、いわば夫婦《めおと》弁当が大当たりした。

「せめてもの救いは、最後の母親孝行を少しは出来たことだな……ありがと、奈緒子……」

志乃が亡くなった時、宗佑も辰夫の隣で泣きながらそうポツリと言った。

その言葉通り、志乃は真面目に働く息子の姿を見て、親として肩の荷が下りた思いをしていたに違いない。

「ようやく、これで一安心や」

カウンターで美味しそうに小籠包を頬張りながら、そう呟いた志乃を奈緒子は知っている。

だが、今、志乃はあの世で別のことを心配しているかもしれない。

ぼちぼちのおもてなし。

あんなことを言われるなんて……。

志乃でなくとも、そんなことでどうすると、奈緒子自身が自分を怒鳴《どな》りつけたいくらいだ。房子が「いい思い付きではありますが」と言ったように、もちろん、とっさの思い付きではあったが、長年の接客の勘《かん》で、奈緒子はこの場にふさわしい、一番良きおもてなしだと思ったから、そうしたのだ。なのに熊川の心には届かなかった。

かぐらやのおもてなしの心を感じてもらえなかったのである。

まだまだだ。

志乃亡き後、かぐらやを守り、背負っていかなければならないというのに。こんなことでは、何のために今まで、志乃のもとで女将の修業を積んできたのかわからない。

そして、それだけじゃない。

何とかしなきゃ……。

できるだけ早くに行動に移さなければ、そうでないと、かぐらやは……。

また溜息が口から出る。このことは誰にも話してはいない。目の前にいる夫の宗佑にも、まだ言ってはいないのだ。今は奈緒子一人の胸の中にしまっている。

ふと店の時計を見ると、休憩時間がそろそろ終わろうとしている。

「やだ、もうこんな時間。急いで帰って、お出迎えの準備しなくちゃ。じゃ、あたし行くね」

れた。

「あ、これ食って行けよ」

皿の上に蒸籠《せいろ》ごと蒸し上げたばかりの小籠包を宗佑が置いたので、何も考えず急ぎ口に入れた。

そのとたん、熱い肉汁が広がり、息が止まる。

しまった、またやっちゃった。

そう言おうとするが、言葉も出ない。

慌てて宗佑がコップの水を奈緒子に渡す。

「世話が焼けるよな、まったく……」

勢いよく流し込む奈緒子を見て、宗佑が今度は溜息をつく。

「いいか？　小籠包の美味しさは、じゅわっと口の中に広がる熱い肉汁なんだよ。けど、その熱さは要注意。だからちゃんと気をつけて食べなきゃダメだっていつも言ってんのに。ほんとにそそっかしいよな、奈緒子は」

宗佑にこんなことまで言われるなんて、熱さも相俟《あいま》って情けなくて涙が出てきそうだ。

四

金沢に初夏が訪れようとしている矢先、東京に料理の修業に行っていた翔太《しょうた》が帰って来た。二年ぶりである。

「翔太くん、お帰りなさい」

「ただいま、奈緒子さん」

母屋の玄関で出迎えた奈緒子に翔太が笑顔を向ける。身の回りの荷物は、すでに昨日、運送会社から届いていたので、まるで近所に行って帰って来たように身軽である。

「何や、しっかりした顔つきになっとるやないか？」

居間で待ち構えていた辰夫が嬉しそうな声を出す。

女のコに人気の十代のアイドルグループの誰かに似ていると、学生の頃からモテてはいたが、まだこちらにいた頃は、どこか幼さが残っていた。それが、今はもうすっかり大人の男の顔に変わりつつある。

「当然でございます。御実家を離れ、初めての東京での一人ぐらし。そのうえ、ホテルで慣れないフレンチの料理修業までされていたんですから。たくましくもなりますよね。翔太坊ちゃま」

居間の房子も笑顔で迎えた。先ほどから時計ばかりを気にして、今か今かと翔太の帰りを待っていたのだ。

房子はもう身内も同然で、志乃のいた時から、母屋にも自由に出入りし、掃除、洗濯など家事も手伝ってくれている。近くのアパートに一人でくらしているので、旅館の仕事が終わった後、一緒に夜食も食べて帰って行く。奈緒子にとっては、母屋では小姑のような存在でもある。

「今夜は翔太くんの大好きなビーフシチューよ」

台所のコンロの上では、奈緒子が作ったビーフシチューが鍋で煮込まれている。

母屋は、中庭に面してコの字形になっていて、居間と続いている台所、そして廊下の突き当りに奥座敷、その隣が今は辰夫一人の居室となっている。二階には、奈緒子と宗佑の部屋、そしてあと二つ部屋がありすべてが畳敷きの和室で旅館同様、古い作りである。

「お、うまそ。オレの大好物覚えていてくれたんだ。ありがと、奈緒子さん」

翔太が早速、台所に来て鍋を覗き込む。

こういうところは、全然変わっていない。奈緒子が初めて翔太と会ったのは、翔太が中学生の時だ。その頃はサッカーに夢中で、遅くまで練習して帰って来ると、「腹減った。今夜、何？」と、まずは台所にやって来て、その日の夕食を覗いていたのだ。

翔太は、志乃と辰夫の孫、宗佑と奈緒子の甥《おい》である。

神楽家の長女であり、かぐらやで女将をしていた母親は子供の頃、病気で亡くなり、婿養子だった父親も、「これからはアジアからのお客様を誘致《ゆうち》する時代だ」と、かぐらやのアジア進出を模索していた矢先、シンガポールで事故で亡くなってしまった。

中学高校と地元の公立に通い、その後は一年浪人して、金沢にある大学に入ったのだが、「オレ、かぐらやの料理人になる」と、ある日宣言し中退した。

翔太は、高校生くらいの頃から、旅館の仕事で忙しい志乃や奈緒子たちの朝食をいろいろ工夫して作ってくれたりと料理に興味があったのは確かだ。

だが、それだけではない、
かぐらやのように家族で経営する旅館は、その家族全員が旅館の仕事を生業《なりわい》とすることが多い。家族みんなが力を合わせてやっていかなければ、成り立たないのが実情である。

家族思いの翔太が、そんなことも真剣に考えて、自分もかぐらやのために何か役に立ちたいと料理人の道を選んでくれたのだろうと奈緒子は思っている。

「これでよしと」

シチューの味見をし、鍋の火を止めると、食器棚の隣に置かれているテーブルでは房子がすぐによそえるようにお皿を並べてくれている。いつものことながら、気が利き、手際がいい。

「あ、すいません」

「いいえ」と丁寧に言いながら、房子はチクリと嫌味《いやみ》を言うことも忘れない。

「ほんとにねえ、フレンチとはねえ。まずは見習いとして、かぐらやと並ぶ、この金沢の老舗旅館、菊亭《きくてい》で修業し、その後は旦那様のお知り合いである東京の銀座の日本料理の店で修業を重ねるはずでございましたのに、まあ何ですか、フレンチとはねえ、このかぐらやが海を越えた他所の国のお料理をお出しする日が来るとはねえ、誰かさんのご提案でねえ」と、上目遣いに奈緒子を見ると、あの眼鏡の奥の目でニッと微笑む。

二年前、まだ志乃がいた頃、翔太が菊亭の修業を終え、かぐらやに戻って来た時のことである。

「このかぐらやでも、洋食をお出しするというのはどうでしょうか？　まずは朝食でと。お客様が和食か洋食か選べるようにしたいと思っているんです」

夜食の席で、奈緒子はそう志乃たちに話した。

「洋食？」

志乃は辰夫と顔を見合わせた。

かぐらやの朝食は、昔から和食と決まっていて、例えば、その中の一品である焼き魚は、金沢や能登の日本海の港に上がった鰺《あじ》やカマスの一夜干しを、奥能登の里山の炭で焼いてお出しする。

じんわりと炭で焼く魚は、内から盛り上がり、身もはがれやすく食べやすい。うっすらと皮についた焦げ目も香ばしいと評判である。この土地の海の幸と山の宝でお客様の舌を朝からもてなすのである。

奈緒子も、この和食の朝食は、かぐらやの看板の一つだと思っている。

だが、最近、朝食に洋食はないのかと尋ねるお客様が増えてきたのだ。

「一度、考えてみてはいただけませんか？」

それで翔太には、東京では洋食を勉強してもらうのはどうかと提案したのである。

最初、志乃や辰夫は乗り気ではなかった。だが、翔太がその話に乗ってきてヤル気になった。

「オレ、勉強してみたいな。このまま日本料理しか知らずにいるより、その方が料理人としての料理の幅も広がる気がする。それに、今は料理も和食と洋食の垣根を越えてきてるんだよ。金沢のお寿司屋さんでも、ワインなんかを出してる店もあるくらいだし」

その通りで、今までなら考えられないことだったが、日本酒ではなく白ワインやシャンパンでお寿司を召し上がるお客様も近頃増えてきたと聞いている。

「しかし」

「そうは言うても」

まだ渋る志乃たちに、「頼むよ。おばあちゃん、おじいちゃん。この通り！」両手を合わせ翔太が頼んだ。

長男である息子の宗佑がかぐらやを継ぐどころか、自分の好きな商売に手を出し、家族に迷惑をかけ続けてきた。それなのに、孫の翔太が、かぐらやのために料理人になると言ってくれたことに志乃も辰夫も、内心手を合わせる思いでいたのであろう。最後には、首を縦に振ってくれたのだ。

「で、どうやったんや。東京でのフレンチ修業は」

辰夫が居間のちゃぶ台の前に座った翔太に東京での様子を聞いている。

「うん、まあね。とても刺激になったし、勉強にもなった。でも、一から話すよりは、明日、そこで習った料理を作ってみるから食べてみてよ」

どうやら自信をつかんで帰って来たようだ。

本当なら、あと一年、東京で料理修業をするはずだった。だが、奈緒子がそれを切り上げて帰って来て欲しいと頼んだのである。

「一日も早く、翔太くんに、かぐらやの板場に立ってもらって、洋食のメニューをお客様にお出ししてもらいたいの」

そう翔太に電話したのだ。

「わかった」

翔太は理由も聞かず、自分の後に入る料理人の手配が済み次第、帰ると言ってくれたのだ。

「お、翔太。元気そうだな」

ビーフシチューの入ったお皿を房子とちゃぶ台に並べていると、ちょうど宗佑も帰って来た。

「なんか、背も伸びたんじゃないか？」

「小学生じゃないんだから、もう伸びないよ」

「そっか。それもそうだな」

宗佑にとっても、いまだに可愛い甥っ子である。

翔太の上には、長女の瑠璃子《るりこ》がいるが、すでに結婚して、今は夫の仕事の関係でニューヨークでくらしている。

妹の幸《さち》は、この春から翔太と入れ替わりに東京の大学に通いだした。

宗佑は、そんな甥と姪の誕生日には必ず、居間と台所の間の柱の前に立たせ、その背丈の印をつけていた。奈緒子との間には子供がいないので、半分は自分の息子みたいに思っているようだ。

それぞれの席に家族が座る。

神楽家の家長である辰夫を真ん中にちゃぶ台を囲む。

志乃が座っていた、台所を背にした右手の席には今は奈緒子が座りその隣に房子。宗佑と翔太がその向かいの左手に並ぶ。

「これでとりあえずは神楽家、全員集合だな」

全員集合。

宗佑の言葉に、みんながひゃくまんさんを見た。

台所との仕切りの低い箪笥《たんす》の上に置かれているこの地の伝統のお人形、加賀八幡起上りこぼしである。金箔《きんぱく》をほどこし、吉兆《きっちょう》の華やかな色とりどりの花をあしらい、鼻の下にピンと張った黒髭《くろひげ》を伸ばしている。

威厳《いげん》があるのだが、どことなく愛らしいそのお人形がいつしか、志乃の面影と重なり、こうしていつも神楽家のみんなが見える場所に置かれているのだ。

「じゃ、いただくとするか」

辰夫の声に、「いただきます」と奈緒子たちも食べだす。

「おばあちゃん、いただきます」翔太がひゃくまんさんに声をかけた。

ひゃくまんさんも嬉しそうに微笑んでるように見える。

翌日、かぐらやの朝礼の席に翔太も並んだ。

かぐらやの朝礼は、お客様をお見送りした後、板場横の配膳室で従業員一同が揃って行われる。

ここでは、女将である奈緒子が中心である。

その奈緒子を真ん中に板場側に辰夫や板前たち。廊下側に房子始め増岡、仲居たちが居並ぶ。

その日の予定や行事、宿泊客の人数、それぞれの担当仲居と客室の割り振りなどを女将が申し伝えるのだ。それが一通り終わった後、翔太の紹介になった。

「さ、翔太くん」

奈緒子が声をかけた。

後ろに控えていた翔太が一歩前に出る。

「今日から、かぐらやの板場に入ることになりました神楽翔太です。よろしくお願いします」

背筋を伸ばし、頭を下げた。

板前の白い調理衣を着て帽子をかぶり、少し緊張した様子である。

優香を除けば、志乃の生前から勤めている仲居や板前の人たちばかりなので、すでに顔見知りである。みんな温かい笑顔で迎え入れてくれた。これから、板長である辰夫と板場の先輩である哲《てつ》と健太《けんた》の下で働くことになる。

早速、翔太が勉強してきたフレンチの腕前が板場で披露された。

卵を溶き、熱したフライパンに流し込むと、コンロの火加減を調節しながら、器用に手を動かし、次々にホテルの朝食メニューである卵料理を作っていく。

「へえ、これが人気の朝食メニュー？」

「はい、働いていたホテルは主にビジネスマンのお客様の宿泊が多かったんですが、この卵料理を食べに、わざわざ来られる女性客や家族連れのお客様もいたほどなんです。お年を召された方もよく来られたりしてました。どの年齢層にも人気のあるメニューです」

話しながらも手は休めず、出来上がった料理を手際よく皿の上に載せていく。そういう作業の流れ一つを見ても、翔太が東京のそのホテルの厨房で一生懸命、料理の修業を重ねてきたことがわかる。

「どれも美味しそうね」

「そやな、見た目はよさそうや」

辰夫も興味を持ったようだ。

まずは、オムレツをそれぞれが味見する。

「お、これトロリとしてますね」

一口食べるなり、哲が言った。

「はい、牛乳とチーズ、それに少しのマヨネーズも混ぜてます。ナイフで切った時に、とろける具合に焼き上げるのがコツです」

「こちらは？　見た目は、日本の炒り卵と同じのようですがねえ」

房子がスクランブルエッグを手に取った。

「はい。ですが、味付けにこだわってます。ホテルで分けてもらったイタリアから輸入している塩分のあるバターで焼き上げてるんです」

房子が一口食べ味を確かめる。

「ほんとだ、かすかにですが塩の味が」

「この塩は、卵との相性がよく、卵本来の風味がより生かされるんです」

「なるほど。うん、これもなかなか」

健太も次々に食べている。

オーブンからもいい匂いが漂ってくる。取り出したのは、熱々のココットである。耐熱皿《たいねつざら》で焼き色をつけた欧風目玉焼き、アンヘレスである。

「へえ、目玉焼きね。トマトソースで味付けしてるのね」

「はい。アンヘレスです。これもとても人気のあるメニューです」

奈緒子が口に運ぶ。

「美味しい。これなら、トマトの酸味がスパイス代わりとなって、朝から食欲がでそうかも」

「どれどれと」

哲や健太も身を乗り出して、口に入れる。

「かぐらやで、トマト味の料理を口にするなんて」

「なんか新鮮でいいですね」

どれも好評のようであり、奈緒子も満足である。

「これなら、お客様も喜ばれるんじゃないかと思います。けれど、この料理をお客様にお出しするかしないかを決めるのは、かぐらやの板長です。板長、どうでしょうか？」

先ほどから辰夫は何も言わずに翔太の作った卵料理を少しずつ、舌に載せては吟味《ぎんみ》している。

一同が辰夫を見る。

辰夫が箸を置いた。

「どれもそこそこの味やが、まだお客様にお出しできるまでにはなってない」

母屋で見せる優しい祖父の顔ではない。何十年とかぐらやの板場を守り抜いてきた板長の顔である。

「女将」

旅館の中では、たとえ嫁と舅《しゅうと》であろうと、女将と板長である。

「私がいいと言うまでは、かぐらやの料理として、まだお客様にお出しは出来ません」

そう言い渡した。


「親父も料理の味については頑固だからな」

なぐさめるように宗佑がカウンターの中から声をかけた。

「すいません、頑張ってきたつもりだったのに」

翔太もショックのようである。奈緒子の隣の席に座り落ち込んでいる。

「そんなに気を落とさないで。まだ、始まったばかりじゃない。これからよ」

奈緒子は翔太を連れて、旅館の仕事が終わった後、宗佑のかぐらや弁当のお店にやって来ていた。

この時間でも茶屋街はまだ人通りは少なくなく、温泉につかった後の観光客たちが、浴衣《ゆかた》に着替えてぶらぶら散歩していたりする。

そんなお客を目当てに、週に何日か営業時間を延ばして店を開けているのだ。

宗佑が小籠包を差し出した。

「弁当用の売れ残りだけど、食べるか？　その親父、いや、かぐらやの板長から合格点をもらった小籠包だ」

辰夫も「うまい」と認めた味だ。それでかぐらやの名を入れることを許され、かぐらや弁当となったのである。

翔太が意気消沈《いきしょうちん》しながらも小籠包を口に頬張る。

「東京でもいろいろ食べ歩いて、横浜中華街でも小籠包をたくさん食ったけど、宗佑おじさんのが一番だったよ。それに冷めてるのにうまいんだよな」

「その場で食べる小籠包は確かに熱々でうまい。けど、時間が経って冷めると、どうしても皮がパサつくんだ。それで、弁当を売り出した当初は今一つ、評判が良くなかったんだよ。そしたら親父がアドバイスをくれたんだ。弁当用の小籠包は、一度、氷水で冷やせって。それと、これのお陰だ」

冷蔵庫からタッパーを取り出す。中には茶色のゼリー状のものが入っている。

「これは？」

「煮凝《にこご》りだよ。汁に煮凝りを使ってみてはどうだってね。そうすれば、汁が皮に吸い取られにくくなるって」

「今も、もちっとして柔らかいのはそのせいか」

翔太がもう一つに手を伸ばす。

「けど、その煮凝りを作るまでがまた大変だったのよ。どんな和風出汁《だし》が一番、具材の中の豚肉と合うかとか。ああだこうだって、さんざん試しに試して、ようやくたどりついたのが、今の味。あの時は、ほんと宗佑も一生懸命だった。あんな宗佑見たことなかったもの」

そう言う奈緒子の言葉に、「ああ、オレの人生の中で一番真面目に取り組んだのが、この小籠包だよ」と、その苦労を思い出したのか、少し真面目な口調になった。

「だから、たかが一度、ダメだって言われたくらいでめげんなよ、翔太。この小籠包はな、台湾で修業してきた味に、日本の伝統料理の煮凝りの出汁がミックスされてんだ。まさに台湾と日本、二つの食文化の融合。そして世界に二つとない、オレだけの小籠包だ」

そう言い、満足気に頷《うなず》くと続けた。

「きっと、あれだな。親父が言いたいのは、翔太が作ってみせたのは、習ってきたホテルの味そのままだということだ。そうではなく、自分の味を作り出せと言ってるんだとオレは思う」

「自分の味……」

「宗佑もたまにはいいことを言うじゃない？」

「たまにって……いつもいいこと言ってるよ。ほんと何十年一緒にいんだよ、まだまだほんとのオレをわかっちゃいないよな、奈緒子も」

肩をすくめると、大げさに両手を広げる。こんなひょうきんさも、何をやらかしても憎めない理由である。

「はいはい」と相づちを打ち苦笑した後、奈緒子は翔太に顔を向けた。

「翔太くん。宗佑の言う通り。自分の料理を作り出すのよ。この世界で一つしかない翔太くんの卵料理を」

「オレの卵料理か……」

少し考え込んだ翔太が顔を上げた。

「やってみるよ。そのために、東京に料理を勉強しに行ったんだし」

「そうこなくちゃな！　オレも協力するから。あの親父が唸《うな》るくらいの美味しい卵料理を作ろうぜ。新しいかぐらやの洋風メニューをな」

「うん！」

翔太もヤル気になった。

新しいかぐらや。

そんな二人を見て微笑みながら、奈緒子は今聞いたその言葉を口の中で繰り返した。

奈緒子がやろうとしていること、それがまさに新しいかぐらやなのだ。


「翔太の帰郷《ききょう》を祝ってお祝いだ！　飲むぞ！」

今夜は男同士で飲み明かすというので、先に奈緒子は店を出た。

茶屋街は、もう人影もなくなりかけていた。

どこからか粋な三味線の音が聞こえてくる。

料亭で、まだ気持ちよく酒を飲んでいるお客を相手に芸者さんたちがつま弾いているのだろう。

そんな三味線の音を聞きながら、浅野川に架かる梅の橋を渡った。

この橋は何度かの水害で流されたのだが、この金沢の人たちの願いによって、新たに建造されたと聞いている。今の橋は三代目らしい。木の高欄と桁隠《けたかく》しで風情ある作りになっていて、夜間はライトアップもされている。

奈緒子はその橋の真ん中辺りで立ち止まり、浅野川を見下ろした。

ライトが当たった川面《かわも》は、闇の中で黒く輝き、光を反射させている。

その水面を見つめながら、先日、お見送りしたお客様のことを思い出していた。

そのお客様は、馴染みの常連客で福井から見えられた年配のご夫婦だった。ご主人の喜寿のお祝いを兼ねて来られたのだ。

「大女将がいなくなって寂しいが、こんな立派な女将があとにいてくれて、大女将もきっと、何の心配もしていないだろうと思うよ」

長年のつきあいで、まるで身内のような優しいお言葉をかけて下さった。今度は、息子夫婦と孫の節句《せっく》の時に来させてもらうよと、そう言い帰って行かれた。

かぐらやは、今のところ、こうした昔からの御贔屓《ごひいき》のお客様でうまく回っていて、季節を問わず、週末などはいつも満室となっている。

けれど、と思う。

このままではいけない。

事実、お年を召された方が多くなってきており、なかなかかぐらやに足を運べなくなっているお客様もいる。

「何とかせんとね」

志乃も生前、気にはしていた。だが、目の前のお客様へのおもてなしが第一と、後回しになっていたのだ。

そして、他にも問題はある。

金沢は日本でも指折りの観光名所である。日本国内だけではない。今や、世界からの観光客が訪れる日本を代表する観光地なのだ。

そのため、この地に外資を始め、大手の観光開発の企業が名乗りを上げ、次々にリゾート型の温泉施設を立ち上げようとしている。その中には、老舗旅館のようなおもてなしをうたう高級ラグジュアリーな旅館もある。日本旅館をイメージした和風な作りながらも、設備は最新式で快適な空間を作り上げ、料理もまた、この地の食材を生かす料理人を東京だけでなく、世界からも招いている。

様々な工夫をこれでもかと凝らし、日本、いや世界中からお客様を迎え入れようとしているのだ。

三味線の音が止《や》んだ。

ようやく、お開きなのだろうか。

茶屋街を振り返ると、向こうに続くその瓦屋根の上に月が浮かんでいる。

今夜の月は三日月である。

だが、風に追いやられ、今にも雲間に隠れそうだ。

まるで、今のかぐらやのようだ。

このままでは、かぐらやも、時代の波に追いやられ、取り残されていくに違いない。奈緒子はその危機感をひしひしと感じている。新たなかぐらやの魅力で、お客様に来ていただかなければ、かぐらやの未来はないのではないかと。かぐらやを急ぎ作り変えていかなければいけないのだ。そのために、翔太にも東京でのフレンチの修業を切り上げて帰って来てもらった。

そして、そんな奈緒子には、毎日、自分に問いかけている言葉がある。

集中治療室に運ばれ、ベッドで酸素吸引器をつけた志乃の枕元には、自宅から付き添ってきた奈緒子と辰夫だけがいた。

「志乃、しっかりせえ」

「お義母さん！」

辰夫は志乃の枕元で声をかけ続け、奈緒子はその手をしっかりと握り締めていた。

意識が遠のいていた志乃が一瞬だけ、かすかに目を開けた。

そして、何か言いたげに奈緒子を見た。

「何ですか？　お義母さん」

その口元に耳を寄せた。

「……あと……もう一つや……」

そう呟いた。
そして、息を引き取ったのである。
最後に志乃は奈緒子に何かを伝えたかったに違いない。
――あと、もう一つ。
それが志乃の残した遺言である。

第二章　カエルのお客様

一

かぐらやの朝は早い。

浅野川にうっすらと日の光が差し込み、川面が輝き始めようとする頃には、すでに板場では朝一番の炭の火が入れられている。

以前は、哲と健太が当番制で担当していたが、今は先日、板場に入ったばかりの翔太の仕事だ。

今朝、選んだ加賀友禅の着物は白藍と言って、水色よりは少し優し気な色合いである。大女将だった志乃のお下がりで、この夏の初めが少し過ぎた頃、志乃も好んで着ていた着物だ。裾には、水の流れに浮かぶ笹の葉が描かれている。

その裾を揺らし、渡り廊下を渡り旅館に向かっていると、炭で焼いている魚の香ばしい匂いがしてきた。

今朝はカマスだ。

これから夏の盛りを迎えようとしている今が旬である。

昨日、辰夫が北陸の新鮮な食材が並び金沢の台所として親しまれている近江町《おうみちょう》市場に出かけ、自分の目で確かめて買ってきたものだ。

「カマスの収穫時期は年に二度あるんですよ。産卵前の夏と脂がのる秋と。味もまた違うんです」

そんな話をしながらお出しすると、お客様も興味が湧き、口元に運ぶ時も何か一言、感想を言って下さったりする。そこから、食べ物の話となり、かぐらやで召し上がった料理の中で、何が一番お気に召されたかをさりげなくお聞きするのだ。そうすると、そのお客様が次においでになった時にそのお料理をまたお出しすることが出来る。

これも、おもてなしの一つである。

「おはようございます」

配膳室に入ると、奥の板場にいる辰夫たちに笑顔で声をかけた。

配膳室は、朝礼も行うが、お客様の食事の支度をするところである。棚にはその日使うお皿や器などが並べられており、お膳などが用意されている。板場との仕切りは、配膳台になっており、ここに出来上がった料理が並べ置かれる。

「哲、焼き物の加減よう見とけ。健太、何をしとる。おひたしの準備や」

「はい!」「はい!」

辰夫の飛ばす指示に、威勢よく返事をし、狭い板場をせわしなく動き回っている。

だが、どんなに忙しくしていても、奈緒子や仲居たちは手伝えない。たとえ女将といえども、板場に入ることは許されないのだ。

「かぐらやの板場は、料理人たちの聖域や。女将といえど、入るべからず」

最初に仲居として働きだした時に、志乃に言われた言葉である。

辰夫が、焚《た》き上がったふろふき大根を器に盛るのが見える。

この大根は、源助大根《げんすけだいこん》と言って、金沢の地で採れる加賀野菜の一つであり、歯ざわりがしゃっきりしているのに柔らかく煮物によく合う。それを昆布でとっただし汁と薄口の醤油、みりんで味付けし、大鍋に水を張り、コトコト煮詰める。

他に余計な味付けは一切しない。大根そのものの旨味を味わっていただくのだ。

素材の味を生かす、それがかぐらやの料理の基本である。

「板長、味見をお願いします」

翔太が作っていた料理を皿に載せ、差し出した。

辰夫が口に入れ、吟味する。

息を止めて、翔太が次の言葉を待っているのがわかる。だが、「明日、もう一度や」そう言われ、がっくり肩を落とした。

またダメか……。

奈緒子も心の中で溜息をついた。

翔太が今、任されている料理はだし巻き卵である。

「まずは、かぐらやのだし巻き卵を作れるようになることや」

辰夫は翔太が板場に立ったその日にそう告げた。その辰夫から、「よし、ええやろ」と合格点をもらわなければ、お客様にお出しすることは出来ない。

奈緒子が配膳台から覗き込むようにして声をかけた。

「板長、私もいただいていいですか？」

「どうぞ」

辰夫が取り分けて小皿に載せ、奈緒子に差し出してくれた。

一口、食べる。美味しい。

見た目も良く、ふんわりと仕上がり、のど越しもいい。甘味もある。

これのどこがいけないのかがわからないが、辰夫には何か考えがあるのかもしれない。それに料理のことは、奈緒子が口を出すことではない。

だが、これにまずは合格しないと、せっかく東京で修業してきた洋風卵料理をお客様にお出するどころではない。かぐらやの朝食に洋食メニューを入れる。それが、新しいかぐらやに向けた、もっかの女将としての課題なのである。

辰夫が代わってだし巻き卵を作りだす。

銅の四角いフライパンを十分熱したところに白ごま油を垂らす。そこへ、鰹節《かつおぶし》でとった出汁で溶いておいた卵を一気に入れ、ふんわりと丸めながら焼き上げる。その手つきを翔太が食い入るように見ている。辰夫は何も教えない。

「料理の技は、自分の目で見て覚え、舌で味わい盗むものや」

それが板長である辰夫の教えである。

そこへ、客室の食事の準備を整えた仲居たちが次々にやって来た。

「楓の間、朝食をお運びします！」

「銀杏《いちょう》の間もお願いします！」

「梅の間もお願いします！」

「皆さん、ご苦労様です。今日もよろしくお願いしますね」

「はあい！」

元気に返事するのは仲居の知子《ともこ》、弘美《ひろみ》、和代《かずよ》である。

三人の中では、知子が一番のベテランであるが、あとの二人ももう十年以上もかぐらやで働いてくれている。それぞれにお客様もついていて、担当仲居として指名されることもある。だが、一番指名が多いのは、房子である。そして、営業の腕も断トツである。

その房子もやって来た。

「女将、おはようございます。菊の間のお客様ですか、次もまたかぐらやにお泊り下さるそうです」

昨日、奈緒子が菊の間の前を通りかかると、房子が潑剌《はつらつ》とした口調でお客様に冬の金沢の魅力について話をしているのが聞こえた。

「今の季節の兼六園もようございますが、やはり、冬の季節はまた格別かと。え？　雪吊りを見たことがないと？　冬の到来を告げる、金沢の風物詩、これを見ないと損でございますよ。園内随一の松などは、五本の芯柱が建てられ、八百本ほどの縄で枝を吊るすのでございます。それはもう見ごたえ十分で、是非ともご覧下さい。よろしければ、私がご案内しても。あ、もしお寒いのが苦手とおっしゃるのでしたら、お戻りの際には、お部屋に火鉢をご用意しておきます。まず指先から温まっていただいて、その後、温泉に肩までゆっくりおつかりになる。これもまた冬ならではの格別の風物詩。それはそれはいいものでございます。今なら、お部屋はご用意出来るかと」

菊の間のお客様は、房子のその話で、また冬に来てみようという気になって下さったようだ。

「予約を入れさせてもらいますが、よろしいでしょうか」

「はい。お願いします」

「承知いたしました」

頷き会釈すると、誰に言うともなく、「ほんとにねえ、ただ愛想よくお世話をしているだけじゃ、お客様には、なかなか来ていただけませんからねえ。アピールしないと」と呟く。

営業だと思われたら、お客様の方もシラケてしまう。

だが、房子の話は、そこのところのさじ加減がわかっていて、お客様が乗ってこない時は、引き際をわきまえアッサリと話を変える。

房子さんならではの裏技だ。

長年接客業を生業としてきた仲居の熟練の技でもある。

このような裏技を房子はいくつも持っているので、奈緒子もなかなか頭が上がらない。

「では、お運びいたします」

お膳に載せたお料理を仲居たちが客室へと運んでいく。

カマスの一夜干し、ふろふき大根、おひたし、煮物に香の物、お吸い物が並べ置かれている。

そして、出来たてのだし巻き卵にはすりおろしたばかりの大根も添えられている。

今朝も美味しそうなかぐらや自慢の朝食である。

「よろしくお願いします」

声をかけ見送っていると、入れ違いに優香が遅れてやって来た。

「桔梗の間も準備出来ました。お願いします」

すかさず、房子が注意する。

「遅い！　何をもたもたしているんです」

「すみません……」

「冷めないうちにさっさとお運びする、いいですね」

「はい」

今一度、しかめっ面をし優香を睨みつける。

「まだ早いんじゃございませんか？」

奈緒子が優香を部屋付きにし、お客様のお世話を一人で任せようとした時、房子は反対していた。

だが、それを奈緒子は押し切った。

優香のあるおもてなしを見たからである。

かぐらやの玄関を入ると、その向こうには少し広めの坪庭がある。

廊下との境は、細い竹で編んだ簾《すだれ》で仕切られ、その簾は日中は巻き上げられ、よく坪庭が見渡せるようになっている。中央には、艶《つや》やかな季節の花々が活けられている大きな九谷焼《くたにやき》の鉢がある。

金沢に桜の蕾《つぼみ》が膨らみかけたその日、午後からの観光協会との打ち合わせを終え、旅館に戻って来た奈緒子が急ぎ帳場に向かおうとしていると、優香が手に箒《ほうき》を持ったまま坪庭にうずくまっていた。掃除の手を止め、座り込んでいるのだ。

また房子さんに叱られたのかも。

ここに来た初日から、房子は、かぐらやでの仲居としての立ち居振る舞いを教えようとしたが、着物一つ、まだ着慣れていない優香にとっては、自分で着付けることから覚えていかなければならず、いきなり仲居の行儀作法まではとうてい無理であった。

それに、優香は一つのことが出来るようになるまでに人より少し時間がかかる。

「その人に合った教え方をお願いします」

奈緒子もそう言っているのだが、どうもせっかちな性分の房子は、「覚えが悪い」「のんびりしている」と、優香に対して手厳しい。

それでいつも事あるごとに叱られ、優香が仲居部屋で涙ぐんでいるのを奈緒子は何度か見かけていた。

なぐさめようと坪庭に降り近づいた。

だが、優香は泣いてなどいなかった。何かを見て微笑んでいるのだ。

「優香さん、どうしたの？」

「あ、女将さん」

恥ずかしそうに顔を向けた。

「ここにお客様がおいでなんです」

「え？　お客様？」

「はい、小さな可愛いお客様です」

奈緒子もその隣に座り、覗き込んだ。

すると水の入った鉢の片隅からチョコンと顔を出している。

カエルだ。

小さなアマガエルである。その背中を反らせ、両足で踏ん張って、黒い両の目をしばたたかせている。

「ほんと、可愛い。きっと冬眠から覚めたばかりのようね。まだ眠たそうな顔をしてるもの」

「はい」

「どこから入って来たのかしらねえ」

　不思議そうに辺りを見回していると、

「女将さん、私、このお客様のお世話をしてもいいですか?」

　優香がおずおずと申し出た。

「お世話?」

「はい。せっかく、このかぐらやを選んで来て下さったんです。いい思い出をつくっていただきたいんです」

　──良き思い出は心の宝。

　──その宝をつくっていただくことこそ、おもてなしの心。

　このかぐらやの女将の志である。お客様のお見送りの時に奈緒子がいつも口にするので、優香も覚えたのだろう。

　だが、そのおもてなしをこの小さなお客様にとは。

　少し呆気《あっけ》にとられ優香を見ると、「あ、すみません……ヘンなことを言って……」今度は恥ずかしそうに俯く。その様子が見ていていじらしくなる。

　奈緒子は微笑み頷いた。

「いいのよ。うちに来てくれたんだから、どんなお客様でもお客様」

その言葉に安心したのか、優香は、ゆっくりと話し始めた。

「私が育った田舎では、夏になると、カエルの鳴き声が田や畑に響き渡るんです」

優香は雄大な原風景の自然が残る能登から来た娘さんである。

能登は三方を日本海に囲まれ、内には森林が広がり、その景色は、日本一の里山里海と言われている。

「海から吹き渡る風の音と一緒になって、子供の頃から、毎晩聞いていたんです。私にとっては友達のような歌声です」

優香には両親がいない。幼い頃に亡くなり、その能登の森で椎茸栽培《しいたけさいばい》の農業を営んでいる祖父が育ての親だと聞いている。優香も高校を出て、しばらくはその祖父の手伝いをしていたらしい。

カエルがクゥとのどを鳴らした。

「じゃ、この可愛いお客様が、優香さんがかぐらやでお世話する一番目のお客様ね」

「いいんですか？」

「もちろんよ」

奈緒子はカエルに向き合うと、「ようこそ、かぐらやへ。ごゆっくり、おくつろぎ下さいませ」そう言い辞儀をした。優香も嬉しそうにそれに倣った。

奈緒子は、そんな優香のおもてなしを見て、一日も早くお客様と接してもらいたいと思い、早速、部屋付きにしたのだ。

今でも、それでよかったと思っている。

だが、配膳室から出て、朝の客室の挨拶回りへと向かいながら、はあっと大きな溜息をつきかけ、慌てて辺りを見回した。

誰もいない。見られていなかった。

ホッと息をつく。

女将が朝から溜息などとは……。

その原因は、やはり先日のおもてなしである。

朝風呂に入るので担当仲居の優香が背中を流せと言われたが、優香はそれが出来ず、代わって奈緒子が足湯でもてなした。それを大阪の客に、ぼちぼちのおもてなしと言われたことである。

かぐらやのおもてなしが小バカにされたのだ。

かぐらやが老舗旅館の看板を張れるのは、伝統と信頼のおもてなしがあるからこそである。

それを代々引き継ぎ、守っていくのが女将の務め。

なのに……。

また溜息が出そうになる。

増岡は、奈緒子があの一件を気にしていることがわかっていて、「女将さん、もう済んだことですし……ここはスッキリとお忘れになった方が……」そう言ってくれている。

だが房子の方は、「女将、雲行きが怪しくなってきました。雨が降ってきそうでございますよ。なので、ぼちぼちと、そのお支度を」とか、先日などは、「女将、年末年始のご予約もそろそろ入ってまいりました。気の早いお客様がぼちぼちと、いらっしゃいますねえ」とぼちぼちを強調する。

「かぐらやの女将として、ああいうことでよろしいのでございますか？」

そう奈緒子の肝に銘じさせるつもりなのだろうが、重々わかっている身にとっては、これでもかと重しを載せられているようで気が滅入《めい》ってしまう。それが溜息となる。

これではいけない。

肩を回し、背筋を伸ばして、「よし！」と気合を入れてみる。

気を取り直し、客室へ続く二階への階段を上ろうとしていると、坪庭の方から、あの鳴き声が聞こえ、「私、このお客様のお世話をしてもいいですか？」と、おずおずと言った優香の顔が浮かんだ。

階段を上る足が止まった。

大事なことを見落としていたかもしれないと気づいたのだ。

二

いつものように、お客様をお見送りした時である。

玄関前の畳敷きでは、奈緒子を真ん中に、その斜め後ろに房子、そのまた後ろに仲居たちが一列に居並んで両手をつく。

「ごゆっくりお過ごしいただけましたでしょうか」

言葉をかけ見上げた。

そのお客様は、東京からお見えになった少し年配のご婦人と娘さんである。二泊三日で金沢を母娘で愉《たの》しみに来られた。

母親のご婦人は、うっすらと紅を差したような頬だった。

「ええ、とてもくつろがせていただきましたよ。あそこにいる仲居さんに」

そう言い、目をやるのは一番端に控えていた、部屋付きの担当だった優香である。

「足湯があんなに気持ちがいいものだなんて、知らなかったわ」

「え、足湯？」

　思わず房子が口にした。

「夕べ、旅の疲れが出たのか、温泉には入らず、すぐに横になって寝たんですよ。そのことを朝食の席であの仲居さんに話したら、せっかく来ていただいたのに申し訳ないと。それで桶にお湯を汲《く》んできてくれて、足をそのお湯につけて揉んで下さったの。その気持ちのいいことったら」

「母とは、金沢のいろんな名所を見て回ったのにその足湯が一番の思い出になったって。この旅行を企てた娘としては、ちょっと拍子抜けでしたが、でも、母のこんなに喜んでる顔を見てるとこっちまで嬉しくなってきて」

「さすが、かぐらやさんのおもてなしね。娘とのこの旅行、足湯のお陰で、いい思い出となりました」

「そうおっしゃっていただけて、私どもも嬉しい気持ちでございます」

　奈緒子は笑顔を向けると、

「良き思い出は、心の宝でございます」

　そう言い辞儀した。続いて仲居たちも辞儀する。

　そのお客様の後ろ姿が見えなくなり、もう一度、一同で辞儀した後、後ろから、房子が顔を突き出してきた。

「女将、アレは、なかなかのアイデアだと私も最初から思っておりました」

眼鏡の奥から、今日は目尻を下げてニッと微笑む。

さすが、ベテラン仲居。お客様が褒めたことで、よしとしたのだ。切り替えが早い。一番後ろで見送っていた増岡もホッとした顔をしている。

そして、優香はと見ると、まだ辞儀している。ここからはその表情は見えないが、恥ずかしそうに嬉しさをこらえているはずだ。

その足湯のおもてなしは、優香が自分で考えていたおもてなしでもあったのだ。


先日、あることに気づいた後、それを確かめたく、奈緒子は母屋の奥座敷に優香を呼んだ。

その奥座敷の床の間には、おまつ様の姿が描かれた掛け軸が飾られている。

おまつ様とは、前田《まえだ》利家《としいえ》公と共に、この金沢で加賀百万石の礎《いしずえ》を築き上げた賢妻であり、志乃が敬愛してやまなかった女性でもある。

志乃はいつもこの居室で茶を点《た》てていた。旅館での煩雑《はんざつ》な日々の中で、唯一心を落ち着かせられる場所であったのだろう。

今は、奈緒子が志乃の座っていた場所で、そのおまつ様を背にして茶を点てている。

最後にのの字に回し、茶筅《ちゃせん》を引き抜くと、目の前に座っている優香に差し出した。

「いただきます」

まだ慣れない様子で茶碗を手に取り、回し飲む。

茶の作法は、かぐらやに来てから習いだしたので、まだどことなく自信なげだ。

一口、含むと、ほうっと息をついた。その様子を見てとり、奈緒子が尋ねた。

「ねえ、優香さん」

「はい」

茶碗を置いて、奈緒子を見る。

「先日の大阪からいらした熊川様のことなんだけれど」

「本当に申し訳ありませんでした」

慌てて優香が頭を下げる。

あの後も、奈緒子や房子に優香は何度も頭を下げ謝った。自分がちゃんと接客が出来なかったせいで、女将の奈緒子にも、かぐらやにも迷惑をかけたと思っているのだ。

「ンンン、そのことはもういいの。そうじゃなくて、聞きたいことがあるの」

優香が少し不安そうに顔を上げた。

「もしかして、優香さんも、何か自分なりのおもてなしを考えていたんじゃないの？」

「え……」

「どうなの？」

「それは……」

もし、一人であのお客様に応対しなければならなかったとしたら、優香はどうしていただろうか。

浴場で背中を流せと、しつこくせがまれていたら、泣いて部屋から逃げ出しただろうか、こんな仕事は出来ませんと仲居を辞めようとしただろうか、それとも何も出来ず、ただ俯きじっとしていたかもしれない。

けれど、そうじゃなかったはずだ。

「優香さんも、私と同じことをしようとしていたんでしょ？　足湯のおもてなしを」

優香が息を飲んだ。

やはりそうだったのだ。

あの時、温泉のお湯を桶に汲んで運んできて欲しいと頼んだ時、何のためかも聞かず、すぐに動き、手ぬぐいまで用意して戻って来た。それは、優香も足湯でのおもてなしを考えていたからに違いない。

「そうなのね」

「はい……」

目を伏せながら頷いた。

「朝食後、熊川様にお聞きして、もしよろしかったら、お帰りの前に、足湯につかってもらい、足を洗い揉みほぐそうかと……」

だが、それを話す前に熊川からクレームを受けた房子が一方的に叱りだし、そこへ奈緒子がやって来て、優香の考えを聞かずに答えを与えてしまったのだ。

「いつも、祖父の足を湯を張った桶の中で洗っていたんです。祖父は、能登の森を一日中歩き回るので、疲れが取れると、とても喜んでくれて……」

それで優香の手つきも慣れていたのだ。

奈緒子と代わって足を揉みほぐす様子を見て、そこでも、おやっと思ったのだ。

「今の私にできる精一杯のおもてなしは何かと一晩考えて、それがいいのではと……」

そう言いながら、また申し訳なさそうに俯いた。

奈緒子はそんな優香をじっと見た。

そして「ごめんなさい」と言うと、深く頭を下げた。

「女将さん？」

優香は訳がわからず、恐縮し困っている。

だが、奈緒子はしばらく顔を上げなかった。

優香を先に帰した後、奈緒子は志乃と面影が重なるおまつ様を見上げて反省していた。

――女将失格です。

――人の上に立ち、人を育てる資格なし。

志乃の叱責がどこからか聞こえてくるようだった。

大女将、ほんと、おっしゃる通りですね。

人を育てるには、まずはその人を信じること。そして、待つことが出来なければならない。

女将として、優香にお客様を任せたのに、そのおもてなしを信じて待つことが出来なかったのだ。

宗佑ではないが、そそっかしいにもほどがある。

優香は、ゆっくりだけれど、それは動きが遅いとかそういうのではない。一つ物事を教えられたり、何か事が起こると、自分でそれをよく考え、自分なりに答えを出すための時間が必要なのだ。

奈緒子は優香に詫びた後、その足湯でもう一度、お客様をもてなしたらどうかと提案した。

あの大阪の客も、気持ち良さそうに寝てしまっていたのだから、気に入らなかったわけではないはずである。

そして、今日である。

優香は、その足湯のおもてなしで、見事お客様に良き思い出をつくっていただけたのだ。

その日、出立されるすべてのお客様のお見送りが済むと、奈緒子は一人、廊下から坪庭に降り立った。目を鉢の中に向ける。

夏の日差しが強くなって来た頃、鉢には小石が置かれていた。優香が浅野川の河原で拾ってきたのであろう。

ちょうど鉢に活けられた花が日傘となり影が出来る辺りで、今もカエルのお客様がその日陰の石の上に涼し気に座り、小さな背中を反らせ両足を踏ん張り黒い目を動かしている。

優香のおもてなしが気に入っているのだ。

奈緒子は、微笑むと呟いた。

「女将の素質あり」

おもてなしの心、優香には、それが備わっている。

三

そんなある日のことである。

暑い盛りの昼下がりに、華道家元で金沢の名士である村田《むらた》がかぐらやに押しかけて来た。

「奈緒子くん、一体、どうなっているんだね！」

「村田様？」

手には広げた扇子《せんす》を持っている。あおぎながら急いで来たのだろう。鼠色《ねずみいろ》の紗《しゃ》の着物の襟元を汗で濡らし、血相を変えている。

村田は、かぐらやに何か事が起こる度に相談に乗ってもらう、いわばかぐらやのご意見番でもある。地元の信頼も厚い名士であり、顔も広い村田がいてくれるお陰で、奈緒子は今まで何度も力になってもらい、助けてもらってきたのだ。

気難しいことでも有名である。

だが頼まれたら断れない性格で、「村田様にしか、お願い出来ないんです。この通り」と頭を下げ頼むと、迷惑そうな顔をしながらも、「今回限りだぞ」と引き受けてくれる。そして、「もう二度とワシのところに揉め事は持ち込まないでいただきたい」と言うのだが、また頭を下げて頼むと「仕方ない」とボヤきながらも引き受けてくれる。

要するに面倒見がいいのだ。

志乃が亡くなった時も、「かぐらやのこれからのことは、何も心配することはない。奈緒子くんが女将としていてくれる」と、葬儀へ参列しにやって来た親類一同や関係者の前で、力強く言って下さった。

　味方でいてくれると、こんな心強い存在はない。

　だが、玄関横の談話室に通され、ソファに座るなり村田は厳しい顔を奈緒子に向けた。

「客間での部屋食をやめるというのは、ほんとかね？」

「それは……」

「房子くんから聞いたよ。本当にそんなことをするつもりかね？」

　待ってましたとばかりに、房子が厨房からお茶を持ってやって来た。今の時間は、客室の掃除も終え、仲居たちの休憩時間である。房子は、この時間に村田が来るとわかっていたのであろう。

　両膝を揃えてつき、冷やしていた麦茶を村田の前に差し出すと、「いえね、このかぐらやにとっては大事なことですので、村田様のお耳にも入れておいた方がいいかと思いまして。差し出がましいことをして申し訳ございません」そう謝ってはいるのだが、奈緒子を見上げ、あのニッとした笑みを浮かべている。

　しまった。

　一足先を越された。

　昨日、奈緒子は母屋での夜食が終わった後、辰夫と房子に前々から考えていたことを打ち明けたのだ。

「かぐらやを新たなかぐらやにしたいんです。その手始めとして、お客様が食事が出来るお部屋を一階に作りたいと考えているんです」

食後の茶をすすっていた辰夫が、「えっ……」と顔を上げた。食器を台所の流しに運び終わり、ちゃぶ台を拭いていた房子も「はあ？」とキョトンとした。

「それはどういうことでございます？」

「今からご説明します。房子さんも座って聞いて下さい」

房子は布巾をたたむと、仕方なく座り直した。宗佑と翔太もいる。

向かいに座っている宗佑には、すでに奈緒子の決意は話してある。翔太が帰って来てくれたことで、ようやく奈緒子は事を実行すると決めたのだ。まずは、一番の理解者である夫の宗佑にその思いを告げた。

それを聞き、宗佑は頷いた。

「奈緒子の好きなようにやれよ。オレは奈緒子を応援するよ」

翔太には、その翌日、告げた。

「オレも同じこと、考えてました。今のままじゃかぐらやはマズいんじゃないかって。だから奈緒子さんが戻って来て欲しいって電話で言った時、これはすぐに帰らなきゃって思ったんです」

東京のホテルで働いていた翔太は、地方の老舗旅館がぶつかっている問題をよくわかっていた。外から、冷静に見ることが出来たのだろう。翔太もその場で賛成してくれた。

あとはお義父《とう》さんと房子さんだ。

何とか、納得してもらわなければいけない。

「かぐらやは、明治に建てられた旅館です。何度か改築工事は行われましたが、やはり、建物の老朽化はいなめません。それで出来るところから新たなリフォームをしていきたいんです」

「まあな、それはワシもどうにかせんととは思っていたが……けど、食事部屋を作るというのは……」

「客室をすべて新しくするのは予算もかかり今は無理かと。なので、せめて食事する部屋だけでもと」

それにと続けた。

「人手不足のことも関係しているんです。かぐらやは客室がすべて二階。仲居さんたちは、料理をお運びする度にお皿が載ったお膳を両手で持って、階段を上り下りしなければなりません。その労力も大変だと」

「仲居の誰かが、何か言ったのでございますか?」

房子が眼鏡の奥の目を吊り上げかけている。

「いいえ、うちの仲居さんたちは、もう慣れていますし、そんなことは言いません。そうではなく、房子さんも御承知でしょうが、かぐらやには、なかなか新しい仲居さんがいつきません」

「私の仲居教育が厳し過ぎるんでしょう。よおくわかっております」

「正直、それもあります。ですが、今お話ししたことも理由になっているんです」

優香は別として、この二、三年、新しい仲居が三か月も持たずに辞めていくのだ。

「先日、旅館組合の方にも、求人のお願いに行ったんですが、事務方の担当者からも言われました。昔は老舗旅館かぐらやと言えば、一度は仲居として働いてみたいと思われていたけれど、今は、そうじゃなくなってきていると。特に、若い人たちは、同じ仲居の仕事なら、もっと新しく、設備のいい旅館やホテル形式のリゾート旅館を選ぶようになっているんです」

「最近の若者は、何でも見た目で物事の本質を見てないんですよ」

房子が言い返す。

「昔は、このかぐらやで花嫁修業させて欲しいと、良家の娘さんが、わざわざ仲居の仕事をしに来られたほどでございます。ここで身につけた行儀作法などは、どこに出しても恥ずかしくないばかりか、さすがあのかぐらやで修業しただけのことはあると、皆さんに褒められるほどなんです。なのに、古いとか大変だとかでうちで働きたくないなんて言うなら、来てもらわなくて結構！　こちらからお断りです！」

すでに取り付く島もない。

宗佑と翔太が助け舟を出した。

「房子さん、それじゃ何の解決にもならないんじゃないの？」

「そうだよ。現に人手が足りてないんだから。房子さんだって、この前も休日返上して仕事して、夜食の時、疲れたってこぼしてたじゃない？」

「それは……」

「元気に見えるけど、身体は休めなきゃ。もういい年なんだから。いくつだったっけ？　七十六？」

「五じゃなかった？」

「いや、七だろ？」

年を言い合ってると、「二でございます」と房子にジロリと睨まれ、二人して口を閉じた。

今は仲居頭の房子を入れて、五人で回しているが、満室となり、お泊りになるお客様の人数が多い時は、休日にもかかわらず出勤してもらったり、他の旅館から仲居さんたちに応援に来てもらわないと手が足りないのが現状だ。

「それと好都合なこともあります。お客様にも、一階に食事部屋を作ることで、より出来たての温かいお料理を召し上がっていただけます。これは板長であるお義父さんも、いつも気にかけていらっしゃることかと」

「まあ、そうやが……」

辰夫はそれ以上言わず口を閉じた。

そんな辰夫に房子が代わった。

「旅館の料理のおもてなしの一つは、ゆっくりと部屋で食事をとれることでございます。客室で落ち着いて、一品一品、かぐらやの素材を生かした伝統の味を味わっていただく。これもまた板長である旦那様が大事にしている料理のおもてなしの一つでございます」

房子は頑《がん》として、譲る気は全くない。

奈緒子は、辰夫を見た。

「お義父さん、いえ、板長のお考えは？　どうでしょうか？」

「お聞きするまでもないことです！」

房子が遮りかけた時、辰夫が口を開いた。

「今の女将は奈緒子さんや」

辰夫は、旅館のことは女将が決めるべきだとしている。それは志乃が大女将の時から、そうであった。

「奈緒子さんが、そうしたいと言うなら、ワシは反対はせん」

「旦那様？　よろしいんでございますか？」

房子が口をあんぐり開けて目を剝いた。

それが夕べのことで、今日の朝礼が終わった後、房子の姿が見えないと思っていたら、村田のところに駆け込んでいたのだ。

村田の屋敷は、浅野川を挟んだ向かい側の通りの先、町から少し離れた場所にある。

この暑い中、その一件を話しにそこまで行き、また急ぎ戻り、村田がこうしてやって来るのを待っていたのだ。

それほど房子にとっては、由々《ゆゆ》しき大問題なのだ。

村田は、伝統と格式を何より重んじる。

奈緒子もそれがわかっているから、村田のところへ出向き、じっくりと今回のことを話し、わかってもらおうとしていた。だが、目の前の村田は奈緒子の話を聞くどころではない。

「別の部屋に客を集めて食事をさせるだなんて、そんなことをしたら、かぐらやだけでない、この金沢の伝統文化も壊してしまいかねないんだよ！」

麦茶にも手をつけず、まくしたてるように続けた。

「加賀百万石、その城下町として栄えていたこの金沢では、江戸時代から料亭での会食も盛んで、旅館の部屋食はその料亭での食事の形を受け継いだものであり、伝統の継承の一つでもある！　奈緒子くんなら、それくらいはわかっているだろう。確かに、今は食事を別にする旅館が増えてきていることは、私も承知している。だがね、この老舗旅館かぐらやで、そういうことをするなどとは言語道断！　断じて認めるわけにはいかない！」

声を荒らげた。

「はい、それは……村田様のおっしゃる通りでございます」

房子はじっとそばで二人の話を聞いている。

前の仲居頭が辞めた後、志乃から、かぐらやで仲居頭をしてはくれぬかと声をかけられ、最後の御奉公先と心に決め、ここへとやって来た。

志乃を尊敬という言葉では足らない、まさに崇拝《すうはい》していた。

まだ志乃が若い頃、福井県境の温泉旅館の女将が倒れ、女将を代行していた時に、房子が仲居として働きだした。つまりは、房子にとって、志乃は最初に仕えた女将でもある。

「大女将のご遺志を大事にし、及ばずながらもかぐらやをお守りしていきます」

志乃が亡くなった後は、志乃の作り上げたこのかぐらやを、自分が守り抜かねばという気概も持っている。

かぐらやを思ってのこと。

房子のその気持ちもよくわかる。

「今すぐ、そんな考えは改め、今まで通りの部屋食を続けてもらいたい。かぐらやが食事部屋を作るなどということは撤回してもらいたい」

村田が詰め寄った。

奈緒子は、真っすぐに顔を上げた。

「かぐらやの女将として、決めたこと」

「何？」

「やるしかないと思っています」

後戻りするつもりはなかった。

「やっかいなことになっちゃった……」

「房子さんのことだから、あのまま済むはずはないと思ったんだよなあ。そうか、村田様の耳にもう入れたか」

奈緒子は、休憩時間に旅館を抜け出し、今日もひがし茶屋街にある宗佑のかぐらや弁当のお店に来ていた。

着物を脱ぎ着替えた服装は、ラグラン袖のオレンジのTシャツに風通しのいい格子のチュニック、その下にはひざ丈のベージュのパンツ、素足にサンダルである。

特に女将とは思えない恰好をしてきたのは、目一杯溜息をつくためでもある。

「どうしよう、宗佑」

「どうしようって、やるしかないって言い切ったんだろ？」

「もちろん、そうだけど……けど、右手に村田様、左手に房子さん、その二人に槍《やり》と棍棒《こんぼう》を構えて睨みつけられている気分なのよ、これじゃ……」

まるで門の前で立ちはだかる、あ・うんの形相をした仁王像《におうぞう》である。

「迎え撃てばいいだろ？　母さんの時も、そうしてたじゃないか」

奈緒子がよく見ていた夢の中の話である。

「指導！」という名のもと、奈緒子の女将修業に容赦のなかった志乃が、袴《はかま》をはいて襷掛けにし、頭にハチマキまで巻いて、薙刀《なぎなた》で奈緒子に襲い掛かって来る。

それを精一杯、若武者姿の奈緒子が刀で受け止め跳ね返していたのである。

「もうああいう思いはたくさん。朝、起きた時、寝汗でびっしょりだったもの。勘弁して欲しいのよ」

「何弱気になってんだよ？　奈緒子らしくない。何があっても、前向きに頑張り続けるのが奈緒子のいいとこじゃないか？」

「だって、まだ何も始まってないのに、もうこれじゃ、先が思いやられる……」

大きく溜息をつく。

「腹が減っては戦は出来ぬ。これでも食えよ」

お弁当用の小籠包をお皿一杯に積んで出す。

「こんなに？」

「見てわかんだろ？　客なんて一人も来ないんだから。売れ残ってるんだよ」

カウンターの中で、手持ち無沙汰の様子で片手に顎をのせ、ぐうたらしている。少し前までは、意気揚々《いきようよう》と忙し気に小籠包を弁当に詰め込んでいたのだが。

金沢は冬、雪が積もる。兼六園も卯辰山も、一面の銀世界である。なので、夏はさぞ過ごしやすいだろうと思われがちだが、これがそうではない。北陸特有の茹《う》だるような暑さが続く。

そのせいで、小籠包を売りにしているかぐらや弁当のお店も夏本番に近づくにつれ、なかなか売れなくなり、毎年この時期はお客様も来ず、閑古鳥《かんこどり》が鳴いている。

「本場台湾じゃ、暑い時ほどよく売れるんだよ？　蒸したての小籠包を暑い暑いと汗をかきながら、みんなうまそうに食ってんのに。なのに、どうして日本じゃ売れないの？　暑い時には小籠包！　そう決まってんだよ」

よくわからないことまで言いだす始末である。

仕方なしに、一つ頬張る。

いつものようにジュワッと肉汁の旨味が口に広がり、思わず溜息も忘れて顔がほころぶ。

そんな奈緒子を見て、今度は宗佑が溜息をついた。

「ほんと奈緒子は単純でいいよな。オレもそんな性格に生まれたかったよ」

「あのね、宗佑にそんなこと言われたら、おしまいだっていうのよ」と、二つ目を箸でつまみながら睨みつける。

極楽とんぼである。

奈緒子もたいがい楽天的だが、宗佑はそれに輪をかけていて、そのうえ責任感がない。だから事業で失敗して、その度に借金を志乃や奈緒子に任せて姿をくらませても、またフラッと「よお、久しぶり。元気にしてたか」と戻って来る。志乃に言わせたら「ろくでなしのバカ息子」である。

けれど、それもいいかもしれないと、近頃、奈緒子は思っている。

こういう人間を見ていると、気が楽になる。

人生何があってもどうにかなると思わせてくれるのだ。役に立たないとされているのに、本人も気づかないところで何かの役に立つ、無用の用みたいなものだ。そんなことを思いながら、「さてと、もう一つ」と、箸に取った小籠包を大きく口を開け、放り込む。

「でっかい口……」

まじまじ見ると、「奈緒子、絶対、他所ではその食い方やめろよな。かぐらやの品格が落ちるからな、いいな？」呆《あき》れながらも真剣に心配している。

頷きながら、もう一つの気がかりなことを聞いた。

「それで、翔太くんの卵料理の方はどんな様子なの？」

翔太は、毎日と言っていいほど、旅館の方の板場の後片付けが終わった後、ここで洋風卵料理の練習をしている。

「ああ、頑張ってるよ。けど、あと一息、いやもうちょっとかかるかもな。まだ、何かが足りないんだよな」

「何か？」

「言ってただろ？　オリジナルだよ。翔太にしか作れない味が、まだ見つかんないんだよ。

それが出来ないと父さんもウンとは言わないだろうな」

今、翔太に作ってもらっている朝のだし巻き卵の方も、辰夫はまだウンとは言っていない。先は長そうだ。だが、急がないと。

その翔太の洋風卵料理を朝食に出すためもあり、一階の食事部屋の提案をしたのである。

「けどな、翔太のヤツ。他にも気が向いてることあるからな、あっちもこっちもじゃ、なかなか身が入らないんじゃ……」

「あっち？」

「ああ、まさか。同級生だったとはなあ……」

「同級生？」

「やっぱり、久しぶりの再会ってのは、グッとくるもんかもな……あっ」

宗佑はそこまで言って、しまった！　という顔になった。

「宗佑」

「は、はい」

「何か隠してるんじゃないの？」

「べ、別に……」

目が泳いでいる。この極楽とんぼは嘘がつけない。

四

まさか、こういうことになっているとは……。

奈緒子は、旅館の坪庭前の廊下側の暖簾の隙間から配膳室の中をコソッと覗いていた。中では、優香が配膳台の上で、お客様にお出しする皿磨きをしている。その奥では、翔太もまた、夕食の下準備に取り掛かっていた。

他の仲居や板前さんたちはいない。二人だけである。

慎みがない振る舞いだとは思いつつ、耳をそばだてると中から会話が聞こえてきた。

「これは？」

「ああ、それは九谷の中でも古九谷の青手《あおで》だよ。緑が全体的に配色されて、器全体に鮮やかに塗られている、青手の特徴」

「何でもよく知ってるのね」

「こういう老舗の家で育ったからだよ」

「あたしも早く覚えないと」

「無理すんなよ。優香は頑張り過ぎなところあるから」

「うん」

頷き合い、二人して微笑み合っている。

あの後、宗佑から聞き出した話によれば、翔太と優香は小学校の時の同級生だったらしい。

そう言えば、金沢でくらしていたことがあると優香は仲居の面接の時に言っていた。両親が亡くなった後、しばらくは金沢にいる親戚の家に引き取られていたのだと。その時、転校した小学校で翔太と同じクラスになったらしい。

旅館では、知り合いだという様子は見せなかったので奈緒子も気づかなかったが、かぐや弁当のお店には、優香が時々立ち寄っているという。

宗佑の店は、ちょうど旅館から優香の今住んでいるアパートまでの道の途中にあるので、優香は仕事が終わった帰りに顔を覗かせるようだ。そうすると翔太が、外に出て少し二人で立ち話する。

「つきあってるかもな、あの二人」

宗佑はそう言っていた。今、こうして暖簾の隙間から仲睦《なかむつ》まじい二人を見ていると奈緒子もそんな気がする。

そう言えば……。

優香が少し変わった。

これまでよりも、その表情が生き生きしてきたというか、笑顔が明るくなったことに奈緒子も気づいていた。優香の足湯のおもてなしの評判が良く、それで接客にも自信が出てきたからかとも思っていたのだが。

だが、それだけじゃなかったかも。

もう一度、覗いてみる。

恋をした女性は、頬をピンクに染め上げると言うが、あれは、まさしく。

それに翔太の方も、あんなふうに優しく微笑むだなんて。

これは……。

もしそうなら、なかなかお似合いである。

「また首突っ込むつもりか？」

「だって、大事なことよ？」

夜食の後、奈緒子は母屋にある寝室に宗佑と早々に戻っていた。

部屋は、二階にある八畳一間の和室で、昼間は宗佑はかぐらや弁当のお店、奈緒子は旅館の方で一日中働いているので寝に帰るだけの部屋となっている。

いつもなら居間で食後のお茶をゆっくりとすすっていたりするのだが、食事部屋を一階に作るという提案以来、何となく辰夫や房子とはぎこちなくなっているのだ。

「けど、そうと気づいてたら、どうしてもっと早く教えてくれなかったのよ」

押し入れから取り出した布団を敷きながら文句を言うと、「あのさ、教えたらどうなると思う？　奈緒子のことだ、きっとおせっかい焼くだろ？」そう言い、お揃いのパジャマ代わりのTシャツ姿で汗をかきながら、うちわでパタパタあおいでいる。

先ほどからクーラーを入れているのだが、この部屋は西日が差すので、こもった熱気でなかなか涼しくはならないのだ。

「よく母さんも言ってただろ？　奈緒子が首を突っ込むと、ろくなことにはならないって」

その通りである。

「そのおせっかい、ほどほどにするまっし。その度に、このかぐらやを巻き込む騒動になっとるんやさかい」

事あるごとに志乃にもさんざん言われてきたのだ。

「けど、これは、翔太くんだけの問題じゃないのよ。翔太くんが結婚する相手の人が、このかぐらやの若女将になるんだから」

思わず声が大きくなって、あっとなり慌てて口を閉じた。

廊下をはさんだ向かいの奥の部屋は翔太の部屋で、今夜は疲れたのか、夜食もそこそこにその部屋に戻り、もうぐっすりと寝ているはずだ。

翔太の姉である瑠璃子が結婚して家を出て、その後かぐらやを継ぎ、次の若女将となるのは翔太の妹の幸だった。

その幸が、東京の大学に進学するために家を出て行く時、言ったのだ。

「あたし、女将を継ぐの、やめてもいいかな？」

奈緒子たちは驚いた。

幸は、いずれは女将になると宣言し、中学生の頃から、夏休みなどには将来の若女将として旅館の接客を手伝っていた。なのに、「東京に出て、一から自分のしたいことを探してみたい」と言いだした。今まで知らなかった違う世界を見てみたいのだと。

だが、奈緒子は別の理由もあるのではないかと思っている。

女将という仕事は、端で見ているよりも大変である。着物を着て、お客様に挨拶し、お世話しているだけではない。

何か旅館で事が起これば、一晩中でも詰めていなければならず、その対応にも追われる。

そのうえ、旅館の経営のことから、仲居や板前たち従業員のとりまとめ、銀行との交渉事や観光協会との話し合い、地元の旅館組合、女将会への出席と、三百六十五日、休む暇はない。

翔太たちの亡くなった母親は、もともと体が丈夫な方ではなかった。

「女将でなかったら、もう少し長生きしたかもしれんね」

志乃がそう呟いていたのを聞いたことがある。

幸は、その母親が女将をしていた時は、まだ小さく働く姿を見てはいなかったが、祖母である志乃や奈緒子が旅館を第一とし、どんな時でも女将として務め上げている姿を間近で見ていた。

自分にはああは出来ない、無理かもと、女将になる自信がなくなったのかもしれない。

奈緒子は幸の気持ちを大事にし、それを受け入れた。

自分が思ったように生きるのが一番だ。

奈緒子自身、女将になろうとしたのは、自分がなりたいと思い、自分で決めたからである。

人はそうして自分で決めたことなら、後悔しない。そんな生き方を幸にもしてもらいたいのだ。

「志乃も同じことを言うたやろ」

辰夫もそう言い、頷いた。

だが、そうなると次のかぐらやの女将は、となる。その時、帰省していた翔太が即座に言ってくれたのだ。

「オレが結婚する人に女将になってもらいます」

人生の一大決心をその場でしてくれた。

毅然としたその横顔を見て、さすが大女将の孫だと奈緒子は思ったものだ。

「だから、翔太くんが、誰とつきあうかということは、かぐらやの今後にもかかわってくることなの。その先には、結婚ということも考えておかなきゃいけないんだから」

「結婚ってな。あのね、いいか。奈緒子、よく聞けよ。ちゃんと二人がつきあってるかどうかもわかんない。そのうえ、優香ちゃんが女将になりたいって思ってるかどうかもわかんないのに、一人その気になられても困るんだよ。はた迷惑だよ」

「はた迷惑？」

「そう、本人たちにしてみたら、大迷惑だね」

「へえ、大迷惑ねえ」

「ああ、大迷惑だよ」

「今までさんざんその迷惑をかけてきたのは、どこの誰かしらねえ」

まずはチクリと刺す。

「え……」

「確か、あたしと結婚したばかりの頃に一回目の失踪よね。その時作った借金は、まだあたしが払い続けてるし、その後の失踪の時の借金はお義母さんが。あ、それと、かぐらや弁当を開店した時の借金。それも確か、お義母さんが立て替えたのよねえ」

「あ……」

宗佑が狼狽《うろた》えだした。宗佑には銀行もどこもお金を貸してくれず、代わりに志乃が地元の銀行から借りたのである。

「その借りたお金は、お店の売り上げから月々返してるけど、まだまだ返済額は残ってるはず。あと十年、二十年？」

「…………」

「けど今月はまた払えないわよねえ、今のあのお店の様子じゃ」

今度は黙り込んだ。

「けれど、払ってもらわないと。お義母さんの名義で借りてはいるけれど、このかぐらやの信用で借りたも同じだから、あたしも女将として困るのよねえ」

「あ、いいかもな」

とっさに態度を変えた。

「こういうことは、誰かが背中を押してやった方がうまくいくこともあるしな。オレもあの二人はお似合いだと思ってるんだよ。それにだ、奈緒子は優香ちゃんに女将の素質ありと見てとったんだし、優香ちゃんなら、いい女将になるんじゃないかな、まあ、これからの修業次第だけど。オレ、奈緒子に賛成」

「ありがと、宗佑」

　ニコッと笑顔を向ける。

「何言ってんだよ。おれはいつだって奈緒子の味方だからさ」

　宗佑も笑顔を返す。

　こうやって、今までも奈緒子と志乃の嫁姑の間を乗り切ってきた。そのつどそのつど、「オレ、奈緒子の味方だから」とか「オレ母さんの味方だよ」とか言って、どちらにもいい顔をする。ほんと食えない夫である。

　目覚まし時計を枕元に置いて布団に横になった。

「さ、そろそろ寝ないと。明日も朝から忙しいのよね」

「あ、オレ、クーラー、タイマーかけようか？」

「ありがと」

「そんな、礼なんていいよ。これぐらい当たり前だろ？　出来ることは何でもするから言ってよね」

　この様子なら、お灸《きゅう》を据えた効果はしばらくありそうだ。

「けどさ、翔太のヤツ、あれだな」

タイマーをセットして電気を消し、自分も布団に横になると意外なことを言い出した。

「なに？」

「この前、休みの時に、ちょっと店手伝ってもらったら、その時、弁当買いに来てくれた女子大生がまた来てさ、この間の人、いないんですかって。それが一人二人じゃないんだよな。学生ん時より、モテるようになっちゃってさ」

先日、東京から戻って来た時も思ったのだが、やはり一段と翔太はかっこよくなっている。もともとの顔立ちも、志乃に似て目元がきりっとした美形である。

旅館では板前の白い調理衣を着ているが、宗佑の店に行く時は、私服に着替える。そうするとスタイルもいいので、何を着てもよく似合う。

「それに女性の扱いが慣れてるっていうか、なんか気が利いてるんだよな。ドアもサッと開けてやるし、重い荷物持ってたら、大通りまでその荷物持って送ってやるし。見てたら、さりげなく道路側を歩くんだよ、女のコをエスコートするようにさ。あれは、いたんじゃないか、東京に彼女」

「彼女？」

「おかしくないだろ？　二年も一人ぐらししてたんだから」

「それはそうだけど」

「ちゃんと別れてきただろうな」

「え」

「その彼女とだよ」

「何心配してるのよ。もし、そういう人がいたとしても、黙って帰って来るなんて、そんないい加減なことするはずないでしょ？　宗佑じゃあるまいし」

「あのね、オレはそういうことに関しちゃ、まっとうなんだよ。今も昔も奈緒子一筋なんだから」

「はいはい。もう眠いから、じゃおやすみなさい」

タオルケットの掛布団を掛け直し、目を閉じた。

何の心配もしてなかった。

だが、やって来たのだ。

東京から一人の娘さんが。

第三章　金沢ラブストーリー

一

夏晴れの真っ青な空が朝から広がった金沢の町には、久しぶりに浅野川を通り抜けた涼やかな風が吹き渡っている。

お客様のお見送りが済んだ後、二階の客室の花を活けながら、奈緒子は思わず笑みを浮かべた。

かぐらやの客室は、階段を上がった二階の廊下の両側にそれぞれ並んでいる。

各部屋の前には木枠の透かし彫りの障子があり、それを開くと客室への入り口となる踏み込みがあり、人が二人並べるほどの畳敷きがある。その襖《ふすま》の向こうが、主室の和室となっている。

和室の床の間には、神楽家に代々伝わる日本画や書画が掛け軸にして吊るされ、季節の生け花が飾られている。奈緒子は、その生け花を活けている最中だ。

先日、翔太はようやく、板長である辰夫からだし巻き卵の合格をもらった。

「ええやろ」

翔太もホッとし嬉しそうだった。奈緒子もしかりである。

早速、そのだし巻き卵はお客様の朝食としてお出しすることになった。かぐらやの板場に立つ板前として認められたのだ。

これで、新たなかぐらやに向けてのスタートラインに翔太も一緒に立てる。

それと、あっちの方も。

また笑みが顔に浮かぶ。

翔太と優香、二人はつきあっているのかいないのか。もしつきあっているなら、こちらも別の意味でのスタートラインである。

おせっかいだとしても、ここは気持ちを確かめておかないと思い、奈緒子は翔太の気持ちを聞いてみることにしたのだ。

板場は、朝食の片付けが終わると、夕食の仕込みまで辰夫や板前たちは休憩に入る。ちょうど、昨日は翔太が一人残って、流しで鍋などの調理器具を洗っていた。

奈緒子は配膳台から覗き込むようにして、背中を向けている翔太に、さりげなく声をかけた。

「ねえ、優香さんとは、小学校の同級生だったんだって？」

宗佑から聞いたことをそのまま告げた。

何のことかと照れてとぼけるかと思っていたら、少しの間の後、「奈緒子さんには、お話ししようと思ってました」と手を止め振り向いた。

その顔がやけに真面目だったのを覚えている。

今から思えば、きっと奈緒子にどう話そうか、その前から考えていたのだろう。

「優香は、五年生の時に転校してきたんです。オレにとって、特別な同級生でした」

「え……」

「他の同級生たちとは違っていたんです」

そう言うと、また背を向け、洗い物をしながら話を続けた。

「優香は、両親が亡くなったばかりで、その頃、オレも母さんが死んで……クラスは違ったけど、いつも下校チャイムが鳴ると校門のところで会ったんです。優香は放課後、毎日図書室で本を読んでいたようで……きっと引き取られた親戚の家に帰っても、居場所がなかったんだろうなって。オレも、一緒にサッカーして遊んでいた友達が帰った後も、一人、ボールを蹴ってたりして……それで、同じ方向なので、いつも途中まで一緒で」

一つ一つ思い出を確かめるような声音である。

「そのうち、どちらからともなく、話すようになって……別にたわいもない話で、クラスの様子とか、勉強のこととか……でも、優香と話しながら帰ることが、毎日の日課みたいになっちゃって……そんな時、下校のチャイムが鳴っても来なくて、それで心配になって、探しに行ったんです。そしたら、誰もいない広い図書室で、一人、本棚の前で背を向けて立っていて……何してんだよって声かけたら、あいつ、泣いていて……涙を一杯溜めて振り向いたその顔見たら、何だか、オレも悲しくなって、泣いちゃったんです」

洗い終えたのか、手を伸ばすと水道の蛇口を閉めた。水滴がポタポタ落ちている。

奈緒子は黙ってそんな翔太の話を聞いていた。

特別な同級生。

両親を亡くした優香と母親を亡くした翔太。

親を失った二人にしかわからない寂しさを互いに相手の中に見ていたとしても不思議ではない。

「でも、卒業式の予行練習が始まった頃、あいつ、能登のおじいちゃんとくらすことになったって……オレは、同じ中学に行くものだとばかり思ってたから、そんなのありかよって思わず言っちゃって……なんか腹が立って、しばらく、口も聞かなかったんです……そしたら、ある日、もう学校に来なくなって……さよならも言わないまま、いなくなったんです」

手に取った布巾で今度は鍋を拭く。慣れた手つきで、磨き込むようにきれいにしていく。

「けれど、いつか、また会えるんじゃないかって……そしたら、東京から戻って来たら、かぐらやで仲居として働いていたんです……やっぱりなって思いました……こうなるって、心のどこかで、そう信じてたから……優香も多分同じ気持ちだったと思うんです。十二年ぶりだったのに、あの頃と同じで……ずっと今までも一緒にいたような感じで……」

長い間、離れ離れになっていたけれど、どこかで心がつながっていたのだろう。

運命の相手とは、赤い糸で結ばれているという。

再会したことで、翔太にとっては優香が、優香にとっては翔太がその相手だと、互いに思ったのかもしれない。

「それからは、お互いかぐらやでは新人同士だったこともあって、オレが宗佑おじさんの店で料理の練習してるって言ったら、優香が帰りに立ち寄って、その日にあったことを話したり、オレも優香に聞いてもらったりしてたんです。互いに励まし合ってたっていうか……一緒にいると何か落ち着くんです。でも、ほんとの気持ちに気づいたのは、これです」

磨き込んでいた鍋を置くと、その傍らにあるすでに洗い終えた銅の四角いフライパンを手に取った。だし巻き卵に使うものである。

「板長に合格をもらえたのは、優香のお陰なんですよ」

「え？」

「あ、それと宗佑おじさん」

翔太が辰夫の合格をなかなかもらえないことで宗佑がアドバイスをしたらしい。

「卵溶いて、出汁と混ぜて焼いて巻くだけだろ？　なのに何でだ？　翔太、おまえ、誰に食べさせたいと思って作ってる？　こういうのは、その誰にっていうのが、大事なんだよ？　オレは奈緒子。奈緒子が美味しいって喜ぶ顔を思い浮かべるんだよな。そしたら、何かこう、小籠包の皮をこねる手も、自然と気合が入るんだよ」

それを聞いて、翔太は優香の顔が浮かんだらしい。

「オレ、見た目の形や味ばかりに気を取られていて、その料理を食べてもらう相手のことを考えてなくて……」

そうだったんだ。

辰夫も、なかなか合格を出さなかったのは、作っている時の翔太の表情を見ていたのかもしれない。何を思って手を動かしているのかを。

合格をもらえた日、きっと翔太は優香を思い浮かべ、いつも二人でいる時に優香を見るあの優しい目で、卵をふんわりと丸め焼いていたのだろう。

料理も同じだ。

相手を思う気持ちが一番の調味料となる。

けれど、宗佑もたまにはいいことを言う。よく冗談めかして、「オレは昔も今も、奈緒子一筋だ」と口にしているが、案外本心かもしれない。

最近、少し宗佑に言い過ぎているところもあるのでちょっとは翔太を見習って優しい顔を向けないとと、そんなことを思い、口元が緩みかけた時、翔太がもう一度、奈緒子を振り向いた。

「優香と、ちゃんとつきあいたいなって思ってます」

そして肝心なところに踏み込んだ。

「だから、奈緒子さんに相談しようと思っていたんです。オレが結婚する人は、かぐらやの若女将になるんですから」


真っ白なナツツバキを手に取った。今が見ごろの花である。

どこか優香に似ている。清楚な白。可憐な愛らしさがある。

それを手前に活けてみる。

「優香さんなら、大賛成よ」

奈緒子は、その場で翔太に言った。

今日は翔太が近江町市場に食材を仕入れに行くと知り、優香にも用事を言いつけた。

近江町市場は、能登や金沢の近海で捕れた新鮮な魚介類や地元の加賀野菜などが主に売られているが、最近では、カヌレやジェラート、プリン、豆大福などのスイーツのお店も人気で、お届け物にと、奈緒子が買い物を頼んだのだ。

だが、それは口実で二人の時間をつくってあげたかった。

昨日の今日である。翔太は、きっと奈緒子のおせっかいの意味がわかり、ちゃんと気持ちを打ち明けていることだろう。

活けた花を床の間に飾る。

優香の足湯のおもてなしは、その評判を聞いて「足湯を」と、予約の際に申し込むお客様も出てき始めた。

房子も最近では、そんな優香を仲居として認めだしている。そうなると、優香が少しミスをしても、以前のように小言を言うことも少なくなった。

足湯は、かぐらやの若女将のおもてなしになるかも。

そんな気の早いことまで考えだし、奈緒子はナツツバキを見て、ニッコリと微笑んだ。

新たなかぐらやに向けても進みだしている。

今、かぐらやのここ数年の経営状態の報告書をまとめていて、それが出来上がったら、食事部屋を作るための資金を銀行に融資してもらえるよう交渉に行くつもりだ。そして、その後、もう一度、辰夫と房子と話し合おうと思っている。

トントン拍子に事は進んでいる。

けれど、こういう時ほど、かぐらやでは何かが起こるのだ。

増岡が急ぎ来た。

「女将、女将に会いたいというお方がいらっしゃっております」

「え、私に？」

来客の予定はなかったはずだ。


玄関に行くと、そこに一人の娘さんが立っていた。

「かぐらやの女将さんですか？」

「はい。何か御用だとか？」

着物の裾を丁寧にたたみ込み座ると顔を向けた。

クリッとした意志の強そうな目で奈緒子を見ている。

耳の下できれいに切り揃えられている今時のボブがよく似合い、シャープな印象になっている。仕立てのいい黒のパンツスーツに黒いヒール。見るからに美人だが、少し上を向いた鼻先がどこか愛嬌がある。

「初めまして。東京から来ました、飛鳥彩《あすかあや》といいます。今日は、お願いをしに伺いました」

「お願い？」

「はい。私に、ここかぐらやで、おもてなしのレッスンを受けさせていただきたいんです」

「おもてなしのレッスン？」

「レ、レッスンと申しますと？」

そばにいた増岡が素っ頓狂な声を上げた。おもてなしの修業とは言うが、レッスンとは初めて聞く。

が、彩は、「日本語で言えば、授業や稽古のことです」淡々とその意味を説明した。

「あの、うちは、そんなおもてなしの授業や稽古などはしていなくて、働いてもらう仲居さんに仲居としての教育はさせていただいてますが」

「だとしても、お願いします」

身を屈め、奈緒子の顔を覗き込んだ。後には引かないと言いたいのだろう。

いつの間にか、房子も来ていた。

「あの、失礼ですが、いきなり来られて、そういうことを頼まれましてもねえ、こちらとしても困るんですよね」

愛想よく笑っているが、面倒だと思っていることは、両手をこすり合わせていることでわかる。

「それに、もし、そういうお話で来られるとしても、どなたかのご紹介でないとね。かりにもここは老舗旅館かぐらやでございますしね」

彩が自信あり気に口の端を上げた。

「紹介なら、してもらってます」

「どちらの方でございましょう、このかぐらやに縁のあるお方でございますか？」

「神楽くんです」

「神楽……？」

奈緒子と房子が聞き返した。

神楽くんと言われるのは、一人しかいない。

「あの、もしや、翔太くんですか？」

「はい。私、神楽くんの彼女です」

ニッコリとした。

二

「やっぱりいたか」

「そうなのよ」

夕食時の客室への挨拶回りを終えると、奈緒子は一足先にあがらせてもらい、一目散に宗佑の店へとやって来ていた。

急いでいたので、今日は着物のままだ。

「だから、オレは言っただろ？　東京に彼女がいるんじゃないかって」

「そうだけど、まさか、あんなふうに乗り込んでくるだなんて」

お昼過ぎまでは風もあり過ごしやすかったのだが、夕方頃からジメッと蒸しだし、その風もそよとも吹かなくなった。

今日の着物は、上品な薄い紫水晶の布地に萩《はぎ》の花意匠《はないしょう》である。それに銀鼠色《ぎんねずいろ》の帯と帯締めを締め、スッキリと清涼感ある組み合わせだ。

だが、暑い。

まずは冷えた麦茶を飲むと、奈緒子は、まだ引かぬ額や首筋の汗をハンカチでぬぐいながらカウンターに座り、今日の出来事を宗佑に急ぎ話していた。

あの後、話を聞くため、彩には母屋の奥座敷に来てもらった。房子も一緒である。

奈緒子の向かいに座ると、慣れた手つきで名刺を差し出した。

「飛鳥グループ？」

「はい、そこの日本橋店の支配人をしております」

「じゃ、翔太くんがお世話になった……」

飛鳥グループは、以前は地方に拠点を持つビジネスホテルの一つだったのだが、数年前から東京や大阪、名古屋、福岡など大都市の駅前にもどんどんホテルを建て、今ではホテルチェーンを経営する大きな企業となっている。

翔太が料理の修業をしていたのは、その飛鳥グループの日本橋店のホテル内のレストランである。

この日本橋店では、本場のフランスでフレンチの修業をしたシェフが作る朝食のビュッフェスタイルが大人気で、翔太はそこで見習いシェフとして働いていたのだ。

「けど、若い娘さんなんだろ？」

この蒸し暑さじゃ、今日はもう客は来ないと思ったのか、宗佑が暖簾をしまいだした。

「そう、年は翔太くんと同じくらい」

「それで支配人とはな」

「お母様が飛鳥グループの経営者なの。彩さんは、そこの一人娘。それで、あの若さでグループの旗艦店、日本橋店の支配人を任されたの」

「よく知ってるな」

「ネットで調べたら、すぐに出てきたもの」

マスコミにも大々的に取り上げられていた。

日本のホテル観光を背負う若きエースとまで、そこには書かれていたのだ。

「そんなホテルグループの娘さんが、あ、彩さんって言ったっけ、その彩さんが、翔太の彼女だなんてな」

「そう言ってたけど、翔太くんにはまだ確かめてないのよ」

あの後、彩は翔太には会わずに帰って行った。奈緒子も、その後、お客様のお出迎えなどもあり、翔太には話せていない。

けれど、今頃、耳にしているはずだ。

板場の後片付けが終わった頃合いを見計らい、増岡が事の次第をコッソリと伝えているに違いない。その後、きっとここに来ると思い、奈緒子は宗佑の耳にも入れておこうと、一足先にやって来たのだ。

「それにしても、かぐらやでおもてなしのレッスンを受けたいだなんてな」

「彩さんなりの理由があるの」

「理由？」

彩は、背筋を伸ばし、女将である奈緒子を前に物おじせぬ態度で話しだした。

「飛鳥グループのホテルの接客を私なりに変えていきたいんです。母が目指すのは、都市型ホテルです。駅前の便利な立地、清潔でスタイリッシュ。そして機能的な客室。ビジネスマンの使いやすさを目指した究極のホテルです。でもそれだけでは世界に太刀《たち》打ち出来ないと私は考えています。これからは、世界を視野に飛鳥グループも幅広い展開を考えていかなければなりません。日本だけでなく世界中のビジネスマンに、うちのグループのホテルを利用していただきたいんです」

すでに経営者の視点である。

この若さで支配人となったのは、身内としての大抜擢《だいばってき》だけではなく、彩の才覚に期待してのことでもあろう。

奈緒子は、そんな彩の話に頷き感心して聞いていた。だが、その後、彩の口から出た言葉に啞然《あぜん》とさせられた。

「なので、私はその展開の一つとして、日本の伝統文化であるおもてなしを、うちのホテルのサービスとして、取り入れたいんです。つまりは、おまけにしたいんです」

「おまけ？」

奈緒子は思わず聞き返した。

「はい、おまけです」

「あの」と房子も口を挟んだ。

「おまけとは、何かを買ったらついてくる、あのおまけですか？」

「はい、そうです」

彩の言うことは、ハッキリしていた。

「我が社のホテルを利用して下さる方の多くは、出張で来られたサラリーマンの方々です。皆さん、ホテルに帰れば、仕事の続きをするか、明日に備えて睡眠をとるだけです。ベッドと朝食の用意、仕事の出来るスペースがあれば、それでよしとします。ですが、私はそこにおまけとして、おもてなしを取り入れたいんです。日本のおもてなしは、世界でも認められている日本の素晴らしい伝統文化ですから。ですので、かぐらやでレッスンを受けさせてもらいたいんです」

房子は、途中からぽかんと口を開けている。

彩は、唖然としたままの奈緒子と、まだ口を開けたままの房子を前に、その様子に気づいているのかいないのか、目の前に出されていたお茶を平然と飲みだした。

「ほんとに、そんなこと言ったのか？」

極楽とんぼの宗佑でさえ、呆気にとられている。

「そう。悪気はないと思うんだけど」

確かに悪気はないようだ。

お茶を飲んだ後、和菓子まで口に運び、「これ、美味しいですね。どこのですか？」と聞いていたのだから。

「だとしても、おもてなしをおまけだなんて。母さんが生きてたら、どうなってたか……」

大女将であった志乃があの場にいたら、ほんとにどうなっていたことか。

それで思い出すのは、奈緒子がしでかしたある事件である。

金沢には、昔からの風習がいくつもある。

その一つが「便所の神様」だ。

まだ、かぐらやに仲居として入ったばかりの頃、ご意見番であるあの村田の大事な接待の会食の席に、間違ってその便所の神様を飾ったことがあったのだ。

便所の神様とは、男女一対の土人形で、トイレの底に、その土人形を埋め、その家の家族の健康を願うのだ。えんじょもんである奈緒子はそれを知らず、可愛い博多人形と間違えて事もあろうに床の間に置いてしまった。

「かぐらやともあろうものが、何ということをしでかしたんだ！」

村田が大激怒したのは言うまでもない。

そして、その光景を見た志乃が、口を聞くことも出来ず、その床の間の土人形を指さし目を見開きながら、へなへなとその場に倒れ込んだ。まさに気絶寸前である。

奈緒子は今でも思い返す度に、恥ずかしさと申し訳なさとで、大反省している。

今回の彩のことでも、もし、志乃があの場にいたら、同じことになっていたかもしれない。

「気を失って、ひっくり返ってたかもな」

宗佑も冗談とも聞こえないようにそう言うと、カウンターの中に戻り、小籠包を山のように皿に載せ、奈緒子の前にドンと置いた。

「ちょっと、こんなに？」

「また売れ残ったんだよ」

この蒸し暑さではそれも仕方ない。今夜は、房子には辰夫と二人で夜食を済ませてくれるよう言ってきた。汗が引くとお腹もすいてきた。

「じゃ、全部食べちゃおうかな」

「お、いいね」

これを作りながら、奈緒子の顔を思い浮かべていたのだから、残すわけにはいかない。

「いただきます」

着物のままなので、品よく箸でつまんで口に入れる。

「で、どうすんだよ？　そのレッスン、認めるのか？」

「うん。そうしようかなって思ってる」

自分の考えを直球でぶつけてくる、あの強気な真っすぐさが奈緒子は気に入った。

それに東京のホテルの支配人をしている彩が、老舗旅館のおもてなしをどう思うか、それにも興味がある。

「まあ、奈緒子がそう言うならいいけどさ。でも、なんかトラブルメーカーになりそうな気がするな」とどこか不安そうな声だ。

奈緒子もその心配は確かにある。けれど、今は、「そのことより、あっちの方よ」と二つ目の小籠包に手を伸ばした。

「アレだな」

宗佑もピンときている。

「本人に聞くのが一番だ。お、噂をすればだ」

暖簾を下ろした入り口の戸がガラッと開き、翔太が飛び込んできた。

旅館からここまで、急ぎ走ってきたのだろう。汗がふき出し、顎から流れ落ちている。だが、ぬぐうのももどかしそうに、

「今日は、ほんとにすみませんでした！　何としても、彩さんには、帰ってもらいますか

ら！」

そう言い深々と頭を下げた。

アレとは、彩の登場で、思いがけずなってしまった三角関係のことである。

翌日の朝、庭で洗濯物を干している房子に彩の申し出を受けることを告げた。

「本気でおっしゃってるんですか？」

仲居の着物の上から白い割烹着《かっぽうぎ》をかぶった房子が、干したタオルの間から、驚いた顔を覗かせる。

居間からの廊下越しの庭には、物干し台と辰夫の趣味である盆栽などが並べられ、奥には、旅館で使う食器や、客室に飾る書画骨董などを収めた蔵もある。

家のことは宗佑も手伝ってくれるし、辰夫も身の回りのことは自分でしてくれる。

だが、やはり旅館の仕事をしながらでは、奈緒子一人ではなかなか手が回らない。それで房子も空いた時間を見つけては、こうしたことまでやってくれているのだ。

奈緒子も庭に降り、並んで残りの洗濯物を一緒に干しだした。

「ええ、翔太くんがお世話になったんですから、今度はこちらがと」

旅館もホテルも同じサービス業界の仲間である。互いに、社員や仲居、板前たちを他の旅館やホテルで修業させることも多く、そのつながりで翔太も彩が支配人を務めるホテルで働くことが出来たのだ。

このかぐらやでも、親類やその紹介で、今までも何人も受け入れてきた。房子は、長年仲居として働いているので、その辺りのこともよくわかっている。奈緒子にしてみれば、房子を説得する建前でもあるのだが。

チラッと房子の顔を見た。

やはり不服そうである。

だが、ここでも即座に考えを変えたようだ。

「わかりました。ようございます。こちらが断れないとしたら、あのおかっぱ娘には、自分から出て行ってもらいます!」

「おかっぱ娘……?」

房子の世代では、ボブはおかっぱである。思わずその言葉に吹き出しかけたが、房子はいたって真面目のようで、慌てて口を押さえ咳払いでごまかした。

「それで、それまでの間ですが」と房子が続けた。

食事部屋の一件は、房子もあれから口に出さないが、片付いていない問題だ。

「取りあえず、この件が落ち着くまでは、休戦ということで」

房子にとって、もっか片付けるべきは、おかっぱ娘なのだ。


早速、彩にはかぐらやに来てもらった。

彩ももちろん、断られるとは思っておらず、駅前のグループ系列のホテルに長期滞在するつもりで、すでに荷物を運び込んでいた。そこから、かぐらやまで毎日通うようだ。

帳場のソファに彩と向かい合わせに座り、仲居としてかぐらやで働く条件をこちらが言いだそうとする前に彩が話しだした。

「お給料は要りません。こちらがレッスンを受けさせてもらうのですから。その代わり、条件があります」

「条件？」

立ち会っている房子と増岡も、ン？　という顔をする。

「まずは、労働時間です。かぐらやではどうなっているんでしょうか？」

「うちでは、仲居さんたちには、朝食をお出しするので朝は七時には出勤してもらっています。夜も、夕食とその片付け、部屋を整えて布団敷きなどを済ませると九時頃になるかと」

「聞いてはいましたが、まさに問題のブラック企業ですね」

繰り返した房子に、「長時間残業などをさせているとおっしゃりたいのかと」と増岡が説明するが、「それくらい私でもわかっています」と房子が睨みつける。

さすがの奈緒子も慌てた。

「そうじゃないの。その分、しっかりと休憩時間も多めにとってもらってるのよ」

お客様をお見送りし、客室の掃除をした後は、自由時間である。仲居部屋で過ごしてもいいし、知子などは家が近所なので、一度帰って家事や食事の支度などをしてからまたやって来る時もある。

そう言っても彩は手厳しい。

「本来なら、改善の必要があるとは思います。ですが、そこまで口出しするつもりはありません」

そして続けた。

「私は二交代制のシフトをとらせていただきます。朝食のお世話をする早番と夕食のお世話をする遅番です。それと服装ですが、着物ではなく、このパンツスーツでお願いしたいと思います」

かぐらやの仲居の着物は加賀五彩と言われる色を使っている。

主に加賀友禅で用いられる金沢の伝統的な色で、臙脂《えんじ》、藍、黄土《おうど》、草《くさ》、古代紫《こだいむらさき》の五つの深い色である。仲居頭がその中の草色、仲居が古代紫の色の着物を着ている。これも代々続くかぐらやの伝統だ。

だが彩は、着物をよしとしない。

「動きにくい着物より、動きやすい洋服の方が効率的です。それに、私は着付けの仕方や着物の着こなしを覚えに来たわけではありません。あくまで、ホテルで使えるおもてなしを教わりに来たんです。ですので、社内にも研修としての許可をとってきてあります」

「わかりました」

奈緒子は彩の言い分を了承した。

房子はもちろん不満気である。増岡は、何とか取り持とうと、「まあ、そのなんですか、うちでお給金を払うわけではないので、その辺りは、まあ、お好きにしていただいても……ねえ、房子さん？」と遠慮がちに声をかけるが、いつもの如《ごと》く空振りで、房子に冷たく無視されている。

奈緒子も条件を伝えた。

「では、こちらからも」

「はい、何でしょう」

「ホテルのサービスの一つとして、おもてなしのレッスンを受けに来たとしても、お客様の前で接客をしてもらわなければなりません。なので、まずは、一通りの仲居さんの仕事は身につけて下さい」

「はい。わかりました」

彩が頷いた。

「では」と房子が先ほどまでとは打って変わり、顔に笑みを浮かべて一歩前に出る。

「仲居頭のこの私が指導係として担当させていただきます」

そう申し出た。

「まずは、掃除からです。清潔で快適なお部屋で過ごしていただく。これはおもてなしの基本中の基本でございます」

眼鏡の奥から、ニッとあの笑顔を見せる。

しごいて追い出そうという魂胆だ。

帳場の仕事もそこそこに、奈緒子は二階の客室の様子を見に行った。

階段を上がり廊下に出ると、知子たちも客室の掃除の途中ではあるが、気になっていたのであろう。廊下側の木枠の障子越しに、中を覗いている。

「あ、女将さん」

「どう？　彩さんの様子は？」

かぐらやの従業員たちには、朝礼の時にすでに彩を紹介していたので、みんな知っている。

「それが……」

ホテルでは、客室の清掃は、それ専用のスタッフを別に雇っているはずである。

そんなホテルの支配人をしていた娘さんに、旅館の客室の掃除など、出来るわけがないと思っていたようだ。

だが、違った。

知子たちが、互いに目を合わす。

「あたしたちより、手際がいいみたいです」

「え？」

奈緒子も覗き込むと、中では、房子が一つ一つ、チェックして回っている。

よく見逃してしまう電球の傘の上、テーブルの裏、障子の引手まで、埃《ほこり》を払い丁寧に拭いているようで、何も文句を言わない。

彩の方は、拭き掃除を終え、次は掃除機をかけている。奥から手前、テキパキと動いている。

房子も念入りに、広縁との境の障子のサッシなどを指でなぞり、拭き残しがないか眼鏡の奥から目を凝らし確かめているが、きれいになっているようでここも文句が言えない。

彩が一通りの掃除を終え掃除機を片隅に置くと、出入り口の襖を背にし部屋を見渡した。和室に置かれた大きな座卓と座布団、脇息《きょうそく》。床の間の掛け軸と生け花。飾り棚の置物。それぞれに目をやり、最後に四隅を点検する。

さすがだ。

ホテルと旅館という違いはあるが、やはり接客業のプロである。

今、彩がしたことは、女将が客室の掃除を見て回る時と同じ目線である。きっとホテルの清掃のチェックなども、他人任せにせず、自分の目でしているのだろう。だから掃除の要点、要所がわかっているのだ。

彩が、よし！　と言うように頷いた。

「終わりました。これでいいですか？」

房子もこれでは文句の一つも言えない。

「まあ、掃除は出来るようですね……はい……」

しょっぱなから思惑が外れたようだ。

「初日からここまで出来るなんて」「これなら、房子さんの指導という名のしごきにも耐えられるかも」「っていうか、互角に渡り合えるんじゃない？」と、知子たちも感心して面白そうに頷いている。

奈緒子も中にいる彩を見て、微笑み頷いた。

「では、次は何を？」

彩は、ヤル気満々である。

これなら、心配なさそうである。

それより、気がかりなのは……。

昨夜、あの後、宗佑がいつになくまっとうなことを翔太に言った。

「翔太、おまえが誰とつきあおうがいいけど、かぐらや継ぐ覚悟でこっちに戻って来るなら、キチンと別れてこなきゃ。いい加減なことするなよな」

だが、翔太は、「彩さんとは、つきあってはいません」とハッキリそう答えた。

「じゃ何で、彩さんが彼女だって言うんだよ？」

「それは……」

「ン？」

詰め寄るように、翔太の前にも売れ残りの小籠包を積んだ皿をドンと置く。

翔太は一瞬言葉に詰まったようになった。

「……いつも押し切られるっていうか……それで、結局はそういうことになっちゃってて……」

ここら辺りからしどろもどろである。

「情けないヤツだな。どっちなんだよ」

宗佑がカウンター越しに今度は顔を近づけた。

顎を引いた翔太が、「もちろん、断ったよ」と甥っ子の少し拗《す》ねる口調になった。

「でも、いつも、結局はそういうことになっちゃってて……あの自分勝手な強引さは、どうにも出来なかったんだよ。オレもどうしていいかわからずに……それで、実家に帰るとだけ言って、戻って来たんだ。そしたら……」

「やって来たということね」

翔太は頷く代わりに小籠包を頬張った。

優香が担当している客室に向かった。

すでに部屋はきれいに整えられており、姿はない。床の間に飾られたナツツバキの生け花も水を替えたのだろう。白い可憐な花をまだ咲かせている。

「ありがとうって、そう言ってくれました」

彩の話の後なので、翔太は少し気まずそうに、優香に気持ちを伝えたことを話しだした。

まだ汗が引かない様子だが、次々に小籠包を頬張る。今日一日に起こったことが、あまりにいろいろあり過ぎて、気持ちを落ち着かせようとして胃に放り込んでいるようだ。

「けど、返事は待って欲しいって」

そう言ったとたん、むせだした。

「ほら、水」

宗佑が急ぎ差し出し、奈緒子も背中を叩く。

奈緒子は、翔太の優香への気持ちを聞いてから、優香の様子をそれとなく気にして見ていた。

優香は、暖簾を上げ配膳室に入って来ると、いつも板場にいる翔太の姿を探していた。見えると微かに微笑む。目が合うと嬉しそうに頷く。翔太のことが好きなのは間違いない。

だが、覚悟がないのだろう。

当然だ。

翔太は、将来のことも話したはずだ。

もし、つきあうことになり結婚すれば、かぐらやの若女将となる。

優香も、かぐらやで仲居として働き始め、思っていた以上にその老舗の重みを感じているはずだ。その老舗旅館の看板を背負う神楽家の一員になる。しかも若女将として。想像しただけで、肩にのしかかってくるものがあるはずだ。

けれど、優香なら、きっと自分なりの答えを見つけるはずだ。

足湯というもてなしで、お客様を接客している最近の優香を見ているとそう思える。今は優香の気持ちが決まるまで、待つだけだ。

客室を出ると、向かいの客室では、房子が今度は布団の敷き方を彩に教えていた。手にはストップウォッチを持っている。一組の布団を押し入れから出し、シーツを掛けて敷くまでの時間を測るのだ。

「仲居の仕事は、スピードが大事でございます」

房子の指導の標語である。

だが、飲み込みの早い彩の動きを見ると、これも何の心配もなさそうだ。

優香は、彩のことは、翔太が東京で働いていた時のホテルの支配人だと思っている。翔太も、そこのところは誤解のないように説明すると言っていた。

優香と翔太、二人は互いに好き合っている。

相思相愛だ。

そこに、彼女だと名乗る彩がやって来た。だが、翔太の言う通りだとすれば、三角関係の答えはすでに出ているはずなのだが。

その彩であるが、やはりトラブルメーカーであった。

三

その数日後のことである。

「どうなってるんだ？」

楓の間の客が怒鳴り声を上げた。

「今までかぐらやに何度も来たが、あんな応対をされたのは初めてだ。かぐらやはもてなしを変えたのか？」

「本当に申し訳ありません」

畳に両手をつき、奈緒子は深く頭を下げた。

このお客様は、酒類の卸の会社を経営しており、年に数回、商用で金沢にやって来る。

金沢は、名水や湧き水が多いので、有名なお酒の蔵元も多く、それを仕入れに来られるのだ。

温泉にのんびりつかった後、仕入れた地酒を飲みながら、腰を揉んでもらう。それを楽しみに毎回、来て下さるお客様である。

ちょうど、房子と一緒に部屋付きとして挨拶に来ていた彩を風呂上がりの廊下で見かけ、今から部屋でマッサージをして欲しいと声をかけたらしい。それに対し彩は、「客室担当ですが、そこまでのサービスは出来かねます」と答えたという。

房子の顔見知りのお客様でもあり、「ここは私が」と、奈緒子が詫びたあと房子が上手く引き継ぎ、マッサージを念入りにし、辰夫も板長自ら、その仕入れた地酒に合うつまみを作ると部屋まで運び、また奈緒子と二人して詫びたのである。

翌日、母屋の奥座敷に彩を呼んで房子と二人で話を聞いた。

「お客様のお申し付けを断ったというのは、本当ですか」

まずは事実を確認した。

昨日、彩は早番だったので、話を聞こうにも帰った後だった。

「はい」と返事すると、「お客様の注文にも、出来ることと出来ないことがあります」さも当然という顔で言ってのけた。

房子が眉を吊り上げる。

「お客様に向かって、出来ないなどとは！　このかぐらやでは、どういうお申し付けであろうと出来ないとお断りしたことなどありません！」

キツい口調で叱りつけた。

だが、彩は、「仲居の仕事に、マッサージまで含まれてはいないはずです。もし、お受けするのであれば、プロのマッサージ師を呼ぶべきです」そう言い返し、「それと、申し付ける、そういう命令的な意味合いの言葉は、ホテルの接客とは違います。ゲストとスタッフは対等です。ホテルではお客様のことをゲストと言い、お世話する従業員のことをスタッフと言います。そして、スタッフは召使ではなく、サービスを提供するプロとして扱われなければなりません」そう支配人のように説明した。

「ここは旅館です！　それも老舗旅館かぐらや。ゲストやスタッフなどと言うこと自体、間違えてます！」

房子の言うことはもっともである。

奈緒子は問うた。

「彩さんは、旅館のおもてなしを勉強しに来たんですよね」

「そうです」

「では、郷に入れば郷に従えという諺《ことわざ》のように、旅館のやり方に合わせてもらわなければ困ります」

「ですが、おかしいと思ったことをおかしいと言ったまでです」

彩の考えは一貫していた。

「仲居さんは、何でも身の回りの世話をしてくれるボランティアではないはずです」

そしてこうも言った。

「ボランティアが、かぐらやのおもてなしだとでも言うんですか？」

おまけの次はボランティアである。

奈緒子の方が言葉に詰まった。

先に彩を旅館の方へ帰した後、「あのおかっぱ娘は、私の手には負えないかもしれません」

さすがの房子もげんなりとした顔でそう言い、奥座敷を辞した。

奈緒子は一人残り、おまつ様の掛け軸を見上げ、その向こうにいる志乃に頭を下げた。

「大女将、申し訳ありません」

老舗のおもてなしは、何代もの女将たちが努力に努力を重ね、信用を積み上げてきたものである。

その信用を手に入れるまで、どれだけの苦労があったことか。

だが、崩れる時はたった一つの出来事で崩れてしまう。

確かに彩は器量がある。房子は、かぐらやでの仲居の作法や仕事を徹底的に教え込んでいたが、彩は一度教えられると何でもそつなくこなし、物事の覚えも早かった。

けれど、度量は。

相手を受け入れる懐の広さや深さは、女将にとって一番必要なものだ。

先のお客様は、若い時に腰を痛め、大きな手術もしていた。だが、見ず知らずの人にさわられるのがイヤなので、他の旅館では頼まないのだと。

「でも、かぐらやの仲居さんなら、安心だよ」

そう言ってくれていたのである。

かぐらやのおもてなしを信用してくれているのだ。

なのに、その信用を台無しにしたかもしれない。すべては、女将である奈緒子の責任である。彩にレッスンを認めたのは奈緒子なのだから。

人をもてなしたいと思う気持ちがないのならば、このまま続けても仕方ないのかも、そんな思いもよぎった。

奥座敷を出て居間の前を通りかかると、ちょうど辰夫も休憩を終え、板場へと向かうところだった。

「何や、大変そうやな。けど、志乃が見込んでかぐらやの女将にしたあんたやさかい。ワシは何も心配しとらんがな」

そう言い微笑む。いつも奈緒子にすべてを任せてくれている。

食事部屋のことも、辰夫はあれ以来、何も言わない。

旅館へと続く渡り廊下の襖を開けた。

「ここからは、奈緒子さんはかぐらやの女将、ワシは板長や」

そう言い立ち止まると、先に奈緒子を通す。

奈緒子にとって、辰夫は母屋では理解ある良き舅でもある。奈緒子がえんじょもんの嫁として、ここに来た時から、失踪し行方知れずの夫である宗佑に代わり、何かにつけ奈緒子の味方をしてくれたのも辰夫であった。

奥の座敷の隣の居室で、辰夫は毎晩、志乃とその日あった出来事を茶を飲みながら語り合うのが日課となっていた。夫婦でありながら、かぐらやを背負う大女将と板長。強い絆で結ばれていた。

辰夫は、志乃の四十九日が過ぎた後、自分からは志乃のことはもう何も話さなくなった。以前のように母屋では穏やかに過ごしているが、きっと寂しさを隠しているだけに違いない。夜食を終え、居室に戻ると、今は目の前にいない志乃の湯呑《ゆのみ》にも茶を淹《い》れ、一人飲んでいる。

奈緒子のやろうとしていること、新たなかぐらやを作り上げようとすることは、別の見方をすれば、これまでのかぐらやを一つずつ、消していくことでもある。

いくら時代と共にかぐらやも変わっていかなければならないとわかっていても、志乃と二人で作り上げてきたかぐらやが変わっていく。そのことを辰夫は、本当のところ、どう思っているのであろうか。

奈緒子は、そんな辰夫の気持ちを思うと、切なくなる。

渡り廊下を渡りきると、その後に続いていた辰夫が奈緒子の背中に声をかけた。

「えんじょもんが、これで二人やな」

「え？」

振り向いた奈緒子に、「あの彩さんも、あんたと同じえんじょもんやないか」といつもの穏やかな笑みを浮かべそう言った。

確かに彩も奈緒子と同じ、東京から来たえんじょもんである。

「頼もしい助っ人となるか、単なるトラブルメーカーとなるか。ここは、奈緒子さん、いや、女将の腕の見せ所かもしれませんな」

奈緒子の心を見透かすように会釈すると、板場へ続く配膳室へと入って行った。

後ろの席からは、楽しそうな観光客の話し声が聞こえる。

「次はどこに行く?」「白山比咩《しらやまひめ》神社は? パワースポットなんだって」「あ、面白そう」

和気あいあいとガイドマップを見ているのだろう。

奈緒子は彩とひがし茶屋街のカフェに来ていた。

夏の金沢は、若い女性の観光客が多い。特にひがし茶屋街は、昔ながらの町屋の間に今時のショップも立ち並び人気がある。

この店では、和スイーツが評判で、金沢の特産品である九谷焼や漆《うるし》などの器に、お抹茶と上生菓子を添えて出したり、これも金沢の特産品である金箔を散らした抹茶パフェがあったりする。

二階の窓際の席で彩と向かい合って座り、その抹茶パフェを二つ注文した。

奈緒子は、白玉を口に入れすでにもう半分ほど食べているのだが、彩の方は手をつけようともしない。

「溶けちゃうわよ」

「……いいんです」

小さく溜息までついた。

目の前で、しょんぼりと肩を落とし、いつもとは様子が全く違う。

「甘いもの食べれば、気持ちも楽になるかも」

ずだ。

「知ってるんですね」

「大体はね」

翔太は昨日、奈緒子に言った。

「ほんとにすみません。オレからちゃんと話しますから」

先日の客の一件は翔太も知っている。それ以外にも、彩の言動は何かと耳に入っているはずだ。

翔太としては、奈緒子がレッスンを認めたことで追い返すわけにもいかなくなり、ハラハラしながら、彩の様子を気にしていたのだろう。

翔太にガツンと叱られたのだ。

朝からいつになく元気のない彩を見て察しがついた奈緒子は、休憩時間に外へと連れ出したのである。

彩は、すでに溶けだしているアイスクリームをスプーンで口に運びながら話し始めた。

「神楽くんに、これ以上、勝手なことをするなら、東京へ帰れって……あんなに怒った神楽くん、初めて見ました……かぐらやのおもてなしを何だと思ってるんだ……自分の考えと違うからって、人が大切にしているものをないがしろにするのは、最低の人間のすることだって……」

かぐらやの人間は、かぐらやのおもてなしを誇りとしている。

志乃も辰夫も、亡くなった翔太の母親も奈緒子も、もちろん房子たち仲居も板前たちも、そして翔太自身も。

奈緒子がどう伝えようかと考えていたことを、翔太がストレートにぶつけてくれたのだ。

「女将さん、すみませんでした」

彩が頭を下げ、謝った。

「女将さんの言う通りです。こちらの旅館でレッスンを受けさせてもらうのに、勝手なことをしてしまいました」

案外、素直なところがある。

年相応の娘の顔を初めて見せた。

まだしょげながらアイスクリームを食べる彩に、奈緒子は率直に聞いてみた。

「ねえ、彩さんは、翔太くんのどこが好きになったの？」

彩なら、自分から望まなくともおつきあいしたいと言い寄ってくる男性はたくさんいるはずだ。彩のような都会的な娘が、どうして金沢の老舗旅館の板前である翔太をと。何かあるのではと奈緒子は思っていたのだ。

「最初に会った時、私に言ったんです。お辞儀一つで、お客様へのおもてなしの心がわかるんですよって」

「え……」

彩が支配人として、ホテルのロビーでお客様に辞儀をしていた姿を、シェフ見習いとして働きだした翔太がフロントに用事で来ていて、じっと見ていたらしい。

「私は、すべての礼儀作法を一流のマナー講師たちから教え込まれているんです。それで、美しく辞儀する姿に見とれてるんだと思って声をかけたら、そんな返事をされて……この私に向かって、何て生意気なんだと」

いずれ飛鳥グループを継ぐ一人娘として、誰からも一目置かれている彩である。まさか、自分のホテルで働いている従業員にそう言われるとは、思ってもいなかったに違いない。

「でも、実家があの老舗旅館で有名なかぐらやだと知って、興味が出てきて」

翔太を支配人室に呼んで話を聞いたらしい。

そこで翔太が大女将だった志乃の話をしたという。

「おもてなしは、辞儀に始まり辞儀に終わるのや。ただ頭を下げるだけやない。そこには相手を思う心がないといかん」

目に見えないその心が一番大事だと、志乃は事あるごとにそう話していた。

「それを聞いて思い出したんです。子供の頃読んだ童話にも書いてあったなって、目に見えないものが一番大事と」

ずっと心のどこかに大切に仕舞っていたその言葉が、翔太の一言で呼び覚まされたのだ。

「それから、その言葉が何か気になって……何かとても大切なことのように思えてきて……それで仕事の合間に神楽くんを呼びつけたり、強引に食事に誘ったりしては、かぐらやのおもてなしを聞いていたんです。ホテルのサービスとはまた違って、とても新鮮でした……それで、自分でもそのおもてなしを経験してみたいと思うようになって……」

おまけとしてのおもてなしをホテルにも取り入れたいと強気で乗り込んできたが、彩なりに、やはりそれだけではない気持ちがちゃんとあったのだ。

「じゃ、大事なことに気づかせてくれたのが翔太くんだったのね」

「はい。それともう一つ」

「もう一つ？」

「似てるんです。大好きだった一番の友達に」

今日初めてその顔に笑みが浮かんだ。

「いつも一緒でした。どこに行くにも、何をするにも。大親友でした」

そんな友達に似ていたのであれば、心ひかれてもおかしくない。

「私よりも少し年上で」

別れた恋人だったのかもと思って聞いていたがどうも違った。

「耳がふさふさしていて、いつも首に抱き着いて、じゃれて遊んでました。夜も一緒のベッドの足元で寝ていて」

「え……？」

「マロンです。大きなゴールデンレトリバーでした。でも、三年前に死んでしまって、悲しくて悲しくて……神楽くん、そのマロンに目がよく似ているんです。黒目が遠くを見つめているところとか。今思い返すと、最初に会った時も、そんな目で私を見ていました」

彩におかしなことを言っているという様子はない。

「あの、そのこと、翔太くんに話したこと、ある？」

「はい、ヘンな顔してましたけど。犬を飼ったことがないって言ってたから、私のこういう気持ちわからないんですよ」

奈緒子も飼ったことがないので、よくはわからない。

だが、どうにせよ、これで、彩が翔太を好きになった理由が一応はわかった。

今度は、彩が聞く側になった。

「女将さん。私もいいですか？」

「ええ。でも、旅館の外では名前でいいわよ」

奈緒子は、他の従業員たちにもそう言っている。

「じゃ、奈緒子さん」

「何？」

「神楽くん、私のことを彼女じゃないって言ってませんでしたか？」

「それは……」

その通りだが、そのまま伝えていいものかと迷っていると、

「わかってます。強引に押し切られたとか何とか言ってるんですね」そう言うと、もうすでに溶けたアイスクリームを一瞬睨みつけ、スプーンを置いてその器を手に取ると、ゴクゴク飲みだした。

その様子を見て店員が驚いた顔をしているが、気にもかけない。

愛犬に似ているから翔太を好きになったのもそうだが、自分中心の物差しを持っているのだろう。他人は関係なく、自分がそれでよしとするなら、それでいいのだ。飲み終わると、また器を戻し、ナプキンで丁寧に口元を拭いた。

そして宣言するように言った。

「だとしても、私は、神楽くんのこと、諦めるつもりはありません。これまでの私の生きてきた人生のプライドにかけても、絶対に振り向かせてみせます！」

先ほどまでのしょんぼりさはどこにもない。

立ち直りも早いのだ。もういつもの強気な彩である。これでは翔太が太刀打ちできるわけがない。

奈緒子は目の前の彩を少し啞然としながら見つめ、おもてなしのレッスンの方も、これから無事続けられるのか、また心配になってきた。

だが、そんな心配は必要なかった。彩は、意外な一面を持っていた。

その後、彩を旅館に帰し、奈緒子は菊亭に立ち寄った。次の金沢女将会を菊亭ですることになり、その打ち合わせである。

菊亭は、かぐらやが浅野川のそばにあるのに対し、にし茶屋街近くの犀川のすぐそばにある。この金沢ではかぐらやと同格の由緒ある老舗旅館だ。

そこの大女将である菊《きく》は志乃と年も近く、いつもかぐらやと菊亭を比べ、何かと張り合い、事あるごとにライバル視してもいた。

その菊と、旅館の客間の一室で女将会の日取りを決めていたのだが、

「何や、客室での部屋食はやめて、食事部屋を作るんやそうですな。老舗旅館かぐらやさんともあろうものが、食堂にお客様を集めて、料理を食べていただくやなんて。老舗のおもて

なしも変わってきましたなあ」とやんわりと皮肉ってきた。

「先日、お茶の会で華道家元の村田様から、そんなお話をお聞きして、その場にいた皆さん、驚かれていらっしゃいましたで。ほんまにそんなことするんでっしゃろか?」

大女将の志乃が亡くなり、女将になった嫁の奈緒子が勝手なことをしようとしていると金沢の女将たちの間で噂になっていることは知っていた。

「せっかく花嫁のれんを潜り、女将襲名披露までして、この金沢の皆さんに嫁として、女将として認められたのに、そんなことしやはったら、またこれは振り出しですわなあ、えんじょもんの嫁に。あ、スイマセン、ついしゃべり過ぎてしもうて。うちとは関係ないかぐらやさんのことやのに」

口元を押さえ品よく笑う。

こういう嫌味はいつものことなので奈緒子も慣れている。

「ご心配していただいて、ありがとうございます。大女将のいない今、菊亭の女将である菊さんにはこれまで以上にご指導をお願いしたいと思っているんです。至らないところがありましたら、いつでもお教え下さい」

微笑んでアッサリ返す。

菊も、そこのところはわかっていて、「ほんに、ご丁寧に。ですが、私なんかが、かぐらやの女将に何も申し上げることはございませんよって」とこちらもシレッと返し微笑む。

狸《たぬき》と狐《きつね》の化かし合いである。

志乃ともこういう関係であった。その続きを今度は奈緒子がすることになりそうだ。

「じゃ、この日取りで皆さんにお声がけしてみますね」そう言い、早々に帰りかけた時に、菊が思わぬことを口にした。

「あ、そうや。先日のお礼を言わんと」

「お礼？」

「かぐらやの仲居さんが、うちのお客様が息切れして道端でうずくまってたら、心配して声をかけてくれたそうですわ。お年を召された方やったんで、この暑さでのぼせはったんでっしゃろ。それで、近くのベンチに座らせて、濡らしたハンカチを首筋にあててくれたり、背中をさすってくれたりと。その後、手を引いて、わざわざここまで送ってくれたらしゅうて」

誰だろう。

「若い方やと。応対したうちの仲居が言うてました。確か……」

日傘を差し、急ぎ浅野川の川べり沿いの道まで戻って来ると、川の流れを追いかけるように水鳥が水面ギリギリを飛んでいる。小魚を狙っているのだ。

一瞬、嘴《くちばし》を水につけたと思ったら、すぐに大きく羽を反らせて飛び上がった。仕留めたかどうかはわからない。

傘を背に傾けると、逆光の中、もう黒い点としか見えなかった。

見上げた奈緒子の顔は微笑んでいた。菊亭の菊は、「おかっぱ頭の……」あの後、そう言ったのだ。

彩に違いない。

自分の担当のお客には、出来かねると言ったお世話を、困っている見ず知らずの他人には親身になって出来るのだ。

彩の中に、プロの仕事とプライベートを分ける大きな壁があるのかもしれない。

けれど、人をもてなす心がある。

目に見えないものが一番大事。彩が子供心に覚えていた言葉だ。

あの器量の良さに、その大事なものである度量が加わったとしたら。

彩にも女将の素質ありだ。

優香に女将の素質があるとわかった時に、奈緒子はあることをすでに考えていた。

となると、また気が早いと言われそうだが、辰夫が言ったように、ここが女将の腕の見せ所かもしれない。

「やってみるまっし！」

そう呟くと、まだ照り付ける日差しの中、旅館に戻る足を急がせた。

第四章　老舗のおもてなし

一

久しぶりの東京である。

奈緒子は、地下鉄の階段を上がり、外へと一歩踏み出すと、アスファルトの日差しの照り返しの眩しさに一瞬目を細めた。

向こうには橋が見える。

「ここ日本橋は、その昔、江戸本町と呼ばれ、多くの問屋が集まる活気のある町人たちの町で、歌川広重が描いた東海道五十三次の出発点でもあったんですよ」

奈緒子は十年ほど前までは、東京は大手町にある旅行代理店に勤めていたので、皇居前から二重橋、そして日本橋と観光バスのコースとしてここ辺りはよく通り、参加しているツアーのお客さんたちにマイク片手に笑顔でそう説明していた。

けれど、悲しいことに、その浮世絵に描かれた橋の上には、現代では車が走り抜ける高速道路が出来、空が途中で切り売りされたような景色となっている。

今朝、お昼前に金沢を出て、二時間半で東京駅に着いた。北陸新幹線が開通してから、東京と金沢はほんとに近くなった。

だが、奈緒子は旅館の仕事が忙しく、なかなか来ることは出来ない。実家にさえ、ここしばらくは顔を出してもいない。

早速、目指すホテルへと向かう。

信号が青に変わり、道路を渡ると、そのホテルはすぐ目の前にあった。地上二十階、地下二階建ての真っ白な外観で、均等に配置された客室の窓が整然と並ぶ。正面玄関の上には、鳳凰《ほうおう》を幾何学的にデザインした飛鳥グループのマークである金色のロゴが掲げられている。

ここが、彩が支配人として勤めている日本橋店であり、この春まで、翔太も見習いシェフとして働いていたのだ。

「おいおい、今度は、奈緒子が乗り込むのかよ」

東京に行くことを告げると、宗佑がうどんをすすり上げる手を止め、呆れた声を上げた。

その日は、宗佑が遅くに帰って来たので、奈緒子は宗佑を待って、二人で夜食を食べていた。辰夫と翔太は、すでに自分の部屋に引き揚げ、房子も帰ったあとである。

連日の暑さで、何かと冷たいものを口にしていることも多く、その夜は茹《ゆ》で上げたうどんにした。この地の名物の金沢うどんである。

細く柔らかい麺が特徴で、昆布でとった甘めの出汁をたっぷり絡ませるのが通の食べ方だ。醤油も薄めで、淡い色に仕上がっている。奈緒子は関東風のうどんに食べ慣れていたので、最初は物足りない感じもしたが、今では、うどんと言えば、この金沢うどんとなっている。

そのうどんの上に、レンコンと金時草の天ぷらを載せている。金時草はこの地の加賀野菜の一つで、葉っぱの裏側が紫色をしており、お湯で茹でるとねばりが出て、夏場の体力回復になりそうな食材だ。

天ぷらは手間がかかりそうに思われるが、食材の準備さえしておけば、あとは揚げるだけなので、神楽家では季節かまわず定番の料理となっている。

「そう、善は急げ」

汗も気にせず、奈緒子は勢いよく熱い麺をすすり上げた。

事の起こりを知っている宗佑も、「まあな、追い返しちゃったしな」と納得した顔になると残りの麺をすすった。

先日、東京から飛鳥グループの社長である彩の母親の秘書が、彩を連れ戻しにかぐらやにやって来た。

だが、奈緒子は、「彩さんは、私がお預かりした娘さんです」と言い、帰ってもらったのだ。

「ねえ、よかったら、女将になる修業をしてみない？」

菊亭から帰って来たあの日、かぐらやに戻ると奈緒子は早速、母屋の奥座敷に優香と彩を呼んだ。

「え……」

「は……」

二人ともキョトンという顔をした。

奈緒子はかつて、「女将塾」なるものを開催したことがある。

旅館の女将は、代々その家の娘がなるものとされてきたが、年々その娘さんの数が減ってきており、今、日本中で女将不足が問題となっている。

それはこの金沢や能登でも同じで、それなら、女将になりたいとヤル気のある素人の娘さんたちに女将修業をしてもらい、女将になってもらえばいいんじゃないかと思ったのだ。

志乃などは、「また、いらぬことに首を突っ込んで、おせっかいなことを……」とボヤいていたが、金沢の女将会が賛同してくれ、「金沢女将塾」と名をつけ、奈緒子が責任者となった。

そして書類選考で六名に絞り、三か月、かぐらやで修業してもらった。

もちろん、それですぐに女将になれるわけではなく、その素質があるとわかれば、ちゃんとした旅館を紹介して、そこで実際の現場で女将としてまた修業しながら、勤め上げてもらうのだ。

その時は四人の女将を巣立たせることが出来、今でも、彼女たちは、能登の旅館や金沢の和風リゾート旅館などで女将として働いているとも話した。

今度は、それを優香と彩に提案したのだ。

「私は、優香さん、そして彩さんに女将の素質があると思ってるの。だから、女将修業を受けてもらいたいの」

正直な気持ちを伝えた。

その言葉に二人の目の色が変わった。二人とも即座にその場で返事した。

「やらせて下さい」

まずは優香がそう言った。

翔太は、将来を考えてつきあいたいと優香に申し込んでいる。

その申し出を受け、もし結婚することになれば、優香はこのかぐらやの若女将となるのだが、それを考えると翔太への気持ちはあったとしても、なかなかいい返事が出来ないでいる。

自分に務まるかどうか、試してみたいと思ったのだろう。声に力がこもっていた。

「私も、やらせて下さい」

　彩も続いて返事した。

「おもてなしのレッスンを受けに来たんです。どうせなら、女将修業の方がスキルが身につきますから」

　彩は、こちらに来てまだ十日ほどだが、仲居の仕事は、すでに出来るようになっている。これからが、おもてなしの勉強であったので、ちょうどタイミングも良かった。

　彩の場合は、女将になるうんぬんよりも、その素質とやらを自分でも確かめたいのかもしれない。

「ホテルの方は大丈夫なの？」

　女将修業となると、当初の予定より、もうしばらくはいることになる。

「はい。研修期間を延ばしてもらいますから」

　ハキハキと答えた。

　その時は、何の問題もなさそうだったのだが。

　翌日、朝礼の席で、優香と彩が女将修業をすることを皆に伝えた。

　辰夫は、この件も奈緒子に任せてくれた。

房子の方は、いつもなら「またそのような勝手なことを」と言いだすところだが、辰夫が何も言わないので、こちらも黙った。

だが、文句はある。

母屋の居間には、起上りこぼしのお人形である、ひゃくまんさんが箪笥の上に置かれている。

こちらは、奥の座敷に飾られている毅然としたおまつ様の掛け軸と違い、母屋に戻って来た時の志乃にどこかしら似ていた。

志乃は母屋では、大女将ではなく、どこにでもいる妻であり、母であり祖母であった。

辰夫ともよく言いたいことを言い合い、たまに夫婦ゲンカもしていた。一度、辰夫と踊りのお師匠さんとがその昔恋仲だったことを知り、それが原因でひと騒動があった。

「へえ、ああいう、ええお人がいたんですね。へえ」

「へえ、へえ」と、わりとネチネチと言うので、「何を、年甲斐もなく……五十年も前のことやぞ?」と辰夫が言い返すと、「そやったら、どうして今まで何も話してくれんかったんですか? そんなお人がおったことを。何か心にやましいことでもあるんと違いますか?」

などとさんざん辰夫に嫌味を浴びせかけた。

とうとう辰夫が我慢しきれなくなり「いい加減にせえ!」と怒鳴りつけたことで、熟年離婚ならぬ、老年離婚になりそうになったのだ。

そのケンカの間中、旅館や母屋、どこで会っても、志乃は辰夫を見ると、睨むのではなく、優雅にこれでもかというくらいにニッコリと微笑んでいた。

誤解も解け、仲直りした後、辰夫は奈緒子にボソッと、「何が恐ろしいと言うて、あの笑顔ほど恐ろしいものはなかった……」と言っていたが。

志乃は、年を重ねてもどこかそういう茶目《ちゃめ》っ気《け》のある可愛いところがあった。

今から思えば、姑としても、そうであったように思う。

「あんたは、えんじょもんの嫁や」

憎々し気にそう言いながらも、いつもどこか、嫁いびりする自分を楽しんでいるようなところがあったのだ。

房子は、その志乃に似ている愛嬌のある人形に向かって、

「ほんとにねえ、食事部屋から始まり、あのおかっぱ娘にレッスンを認めたこと、そのおかっぱ娘が問題を起こしたというのに、追い出すどころか、女将修業まで受けさせるなどとは……」と、さも仰天というように眼鏡の奥の目を回し、「何卒《なにとぞ》、このかぐらやをお守り下さい」と祈りながら、最近では毎日これ見よがしに手を合わせている。

仲居たちは仲居たちで、「これからどうなるのかしら」と噂をしているようだ。

「女将修業も興味津々だけど、それよりも、あっちの方よね」と。

あっちとは、かぐらやで現在進行中の三角関係である。

翔太と優香のことはみんな薄々気づいていた。元小学校の同級生ということももう知っていて、二人を見ていたら何となくわかるのだろう。

だが、そこに東京から彩がやって来た。

「彩さん、おもてなしのレッスンを受けに来たとか言ってるけど、どう見ても翔太坊ちゃまを追いかけて来たようにしか見えないわよねえ」

「あたしも、そんな気がしてたのよ」

彩が翔太への思いを隠そうとはしないので、こちらも知るところとなった。

彩は、旅館で翔太を見かけると、いつでもどこでも「神楽くん」と親し気に声をかける。お客様が周りにいないと、「ねえ、今度の休み、いつ？」とか、デートに誘っていたりもする。

翔太は、その誘いに乗ることはないようだ。今はただひたすら、かぐらやの朝食の一品となる洋風卵料理を作り上げようと、休みも返上して料理作りをしている。

優香と会うのも最近は旅館の中だけである。それまでは、優香が旅館からの帰りがけに宗佑の店に立ち寄って、わずかだが二人で過ごす時間があったのだが、女将修業が始まるとなってからは、優香の方も気が張り詰めているのか、旅館とアパートの往復だけになっている。

この前、奈緒子が夕食にお出しする皿を確認するため配膳室に入ると、先にお客様のお茶を下げてきた優香がいて、板場にいる翔太と二人して目を合わせて微笑み合っているのを見かけた。今は、こういう瞬間でも貴重な逢瀬である。

が、そのあとにやって来た彩が、二人の間に割り込むように立つと、「神楽くん」と配膳台越しに顔を覗かせ、「今夜の夕食の献立のお薦めは何？」と、誰はばかることもなく声をかけた。

翔太も料理のことなので無下にも出来ず、ちゃんと答えてはいたが、優香をチラッと気にして見ていたりした。

だが、優香は気にしている様子はない。翔太から、彩の一方通行の思いだと知らされているからだろうか。

彩は彩で、そんな二人の関係に気づいているのかいないのか。もしわかっていても、こちらも気にしていないようである。自分が翔太を好きな気持ちが第一で、翔太の気持ちは関係ないと思っているのかもしれない。だが、強気にそう見せかけて、本心はどうかは奈緒子にもわからないのだが。

優香と彩、この二人、性格も生まれ育った環境も全く違う。

優香は、大自然に囲まれた能登で生まれ、祖父の椎茸栽培を手伝っていた娘さんである。

一方、彩は、大都会、東京。そこでホテルの支配人として社内でも重要な立場で仕事をこなしてきた、昔で言うまさにキャリアウーマン、今で言う女性たちのロールモデルである。

接客の仕方も全く違った。

優香は、お客様に初めて会う時は、少し小首を傾《かし》げ、いつも恥ずかしそうに微笑み辞儀するが、彩の方は堂々とニッコリ微笑み、背筋を伸ばしエレガントに辞儀する。

館内に飾られている器などをお客様が見ていたら、彩は聞かれる前に「ご興味がおありですか」と、その謂《いわ》れなどを積極的に説明しだすが、優香は、じっと見ているお客様のそばに立ち、聞かれるまで何も言わずに控えている。

何事も相手を立てる優香と、自己主張が強く、即行動の彩。

実は奈緒子、この二人を競わせたらどうなるのかしら、などと考えていたりもする。

志乃は事あるごとに言っていた。

「ライバルがいてこそ、人は成長するのや」

奈緒子のことも、機会があるごとに誰かと競わせていた。その度に奈緒子は、女将としてだけではなく、人としても成長してきたのである。

今回の女将修業は、もちろん女将としての素質を見極めるためのものだけれど、優香さんと彩さん、この二人の成長を見届けるのも、また楽しみなこと。

　奈緒子はそう思っている。

　だが、困ったのは翔太である。

「優香はともかく、彩さんまでっていうのは……」

　板場の裏口の外に奈緒子を呼ぶと、ほんとに困った顔をした。

　ここは裏庭となっていて、木のテーブルやベンチが置かれ、仲居や板前たちが休憩できる場所となっている。そのベンチに腰掛けるのももどかしそうに訴えてきた。

「大丈夫、任せておいて」

　奈緒子がそう答えると、何か考えがあると思ったのだろう。少しホッとした顔になりかけた。だが、次の奈緒子の言葉でえっとなった。

「こういうことは、なるようになるから」

「そんな……なるようにどうなるんですか？」

「だから心配しないの。諺でも、案ずるより産むが易しってあるでしょ？」

　絶句である。

　あとで、宗佑に溜息つきつつ愚痴っていたらしい。

「おばあちゃんが言ってたのは、このことだったんだな」

生前、志乃は奈緒子のこういう性格のことでも、よくボヤいていたのだ。

「あの嫁は、物事を何でも前向きに考えて、良くなる方へ転がっていくと信じて疑わん。本人はそれでええかもしれんが、周りにとっては、大迷惑なことや」と。

今回は、それが自分の身に降りかかってきたのだと翔太は思っているようだ。

翔太からすると、三人の関係をこじらせたくはないのに、これではどんどんこじれていくのではと気が気でない。

「だから、オレがそこのところはちゃんと言っておいたよ。男冥利《おとこみょうり》に尽きるねえって。自分を好きでいてくれる二人の女のコが、このかぐらやで女将修業をするなんてね。オレが代わってやりたいぐらいだよってね」

翔太が何に気を揉んでいるか、何もわかっていない。

頭を抱えただろう翔太の姿が目に浮かぶ。

その夜、旅館の仕事が終わった後、優香と彩の二人を連れて、宗佑のかぐらや弁当のお店に行った。

「お、来たな。いらっしゃい」

「こんばんは」

「初めまして」

宗佑は、優香はすでに知っているが彩とは初めてである。

だが奈緒子から話を聞いているせいか、紹介するまでもなく、「彩さんだよね、なんか、こう都会的で決まってるねえ、そのおかっぱ頭も」と余計なことまで言っている。

「は？　おかっぱ頭？」彩は怪訝《けげん》な顔だ。隣では、優香が笑いをこらえている。

房子が、「あの、おかっぱ娘」と彩のことを言っているのは、本人以外みんな知っているのだ。

翔太はチラッと振り向いたきりでまたすぐに料理作りの続きに戻った。このところ、連日、夜は宗佑の店で洋風卵料理の練習に取り組んでいるのだ。

宗佑が大皿に積んだ自慢の小籠包を今日もドンと置いた。

「女将修業、いいねえ。奈緒子から、聞いてるよ。前祝いだ。この店からのおごり。好きなだけ食ってくれていいよ」

「ほんとですか？」

「美味しそう」

優香と彩が即座にカウンターに座った。まだ夕食を食べていないのでお腹がすいているのだ。

優香が、置かれている醬油やお酢、ラー油などを手に取り「これくらいでいい?」と聞きながら彩の小皿に入れてやる。彩も、割り箸など、優香の分も取ってやっている。

この二人、意外なことに仲がいい。

きっかけは、ある一件である。

二

彩が来て早々の夏のある日のことだった。

かぐらやの玄関の脇には下足室がある。

壁をくりぬいて作られている出入り口は、少し低くなっており、屈んで入らなければならないのだが、中は四畳ほどあり広くなっている。そこに客室ごとに札を立て、お客様の履物をお預かりし置いてある。手入れは大体は新人仲居の仕事だ。

「今日から、彩さんにここの担当になってもらいます」

指導係の房子がそう言うと身構えた。

「靴磨きなんて。おもてなしのレッスンには入っていません」と言い返すものと思っていたようだ。

だが、彩は、「わかりました」と素直に引き受けた。

奈緒子も彩がかぐらやに来たことで、ホテルのサービスなどを少し勉強しだしていた。

そこには、靴磨きはヨーロッパでは、シューシャインと呼ばれ、「磨かれた靴ほど、ビジネスマンに自信を与えるものはない」と言われていて、その職人は誇りを持って仕事をしている、とあった。一流のホテルでは、それ専門の職人を雇っているところもあるらしい。

彩は、それを知っていて、靴磨きの大事さをわかっているのだ。こういうところは、やはりさすがである。

ちょうど、玄関前の廊下を奈緒子が通りかかった時だった。その下足室で靴の手入れをしていた彩の「キャ！」という短い悲鳴が聞こえたのだ。

「どうしたの？」

何事かと、急いで奈緒子が腰を屈め中に入ると、彩が逃げ場がないかのように、靴の並んでいる棚に背中をくっつけている。

「ゴ、ゴ……」

それ以上、口にも出せないように恐ろしそうに片隅を指さした。

見ると、大きなゴキブリである。

奈緒子とて、この世で一番苦手なのがこのゴキブリである。奈緒子まで短く声を上げて、二人して、手も足も出ない。

「女将さん、何とかして下さい」

「いや、これればかりは無理……」

「じゃどうするんですか？」

「どうするって……」

二人してどうも出来ないでいると、スッと優香がやって来た。

「目を閉じていて下さい」

言うなり、バシッと音がした。新聞紙を丸め、一撃で、やっつけたのである。

目を開けると、「これは私が片付けておきます」と、またスッと出て行った。

彩と二人して、胸を撫でおろし、ホッとしたのは言うまでもない。

頼りがいのある姿であった。

優香には、どこか気丈さがある。女将修業を提案した時も、最初に返事をしたのは優香だった。見た目とは違って、芯の強さがあるようだ。奈緒子は最近、優香のことをそう見ている。

彩も、それまでは優香のことを田舎から出てきた、ただの若い仲居と思っていたようだが、それ以来、一目置くようになった。

「やっぱりさ、どんなことでも、自分が出来ないことや、苦手なことをたやすく出来る人間を人は認めるんだよ」

その話をすると、宗佑が訳知り顔でそう言っていた。

休憩時間など、よく二人でしゃべっているのも見かけたりする。たわいもない話なのだろうが年も近いせいか、打ち解けて楽しそうである。

だが、翔太はそんなところも気になっている。何がどう転んで互いの口からどんなことが飛び出してくるのかがわからず、ハラハラしているのだ。

今も、「いただきます」と手を合わせて、仲良さそうに食べだした二人をまたチラッと見ている。ついでに奈緒子の方も見た。

奈緒子さんのせいですよ。

そう言いたげである。

さすがに奈緒子も、翔太にはちょっと悪いことをしたかなと思っていたりもするが、仕方ない。

軽く咳払いすると、宗佑との話の続きに戻った。

「今夜はあたしが、ご馳走しようと思ってたのに。いいの？」

「いいのいいの。どうせ売れ残りなんだから」

麦茶を二人に淹れながら、厨房の奥を見ると、まだ山のように今日作った小籠包が積んである。

こうなることがわかっているのだから、加減して少なめに作ればいいものをと思うが、それが出来ない。

「暑くても、いつ、どっと客が来るかわからないだろ？　その時に賭けてんだよ、オレは」

何度言っても、そう答える。

今月の借金もこれでは返せないだろう。そうなると……。

そんなことを思っていると、翔太が口を開いた。

「これじゃ、奈緒子さんが、また立て替えるしかないですね。この店の今月の借金」

「え？　借金？」

優香と彩が顔を上げた。

「そうなんだよ。宗佑おじさんは事業を起こしては失敗し、借金を残して失踪を繰り返す名人でさ」

「ええ？」と彩が驚く。

優香の方は驚いていない。多分、他の仲居たちからすでに宗佑の行状は聞いているのだろ
「また？」

う。

　当の宗佑は、「名人だなんて、そんな大層な……まあ、言うなれば夢追い人ってとこかな？」と自慢気だ。

　呆れたように彩が口に運ぶ箸を止め、宗佑を見た。

　ここで翔太が、奈緒子と宗佑のなれそめから、結婚、現在に至るまでを料理の練習の手を休めてまで話しだした。

　奈緒子も優香の隣に座り、小籠包を食べながら、ふんふんと聞いていたが、どうも話の流れがおかしい。

　宗佑の尻拭いをいつも妻の奈緒子がしていると力説し、奈緒子に同情しているようにも聞こえるが、どこか、まるで奈緒子がこんな夫にしたというようにも聞こえてくる。

　首を傾げていると、「奈緒子さんがしっかりしないからですよ」と、優香の反対隣に座っている彩が奈緒子に矛先を向けた。

「あたし？」

「そうです。男なんて、信用しちゃダメですよ。離婚した父親もよく似た男で養育費も寄越したり寄越さなかったり、いい加減でした」

　彩の履歴書には、父親の名前はなかった。まだ小さかった頃、離婚したようである。

「旅館の外では、女将と呼ばなくていいっていうことなので、対等の女性として言わせてもらいますが、奈緒子さんが甘やかすから、こういう夫になったんじゃないんですか？」

「え……」

奈緒子は慌てて、彩の方へ身を乗り出した。

「違うの。甘かったのは、大女将だったお義母さんの方。私じゃないの」

志乃はかぐらやの大女将として、何度も宗佑を勘当してきたのだが、いつも最後は母親として許し迎え入れた。

宗佑の一度目の失踪の時などは、もう四十を過ぎている息子の中学や高校の同級生にまで電話をかけて行方を調べたり、この地に伝わる風習である七つ橋渡りまでしていた。

七つ橋渡りとは、願掛けのようなもので、浅野川に架かる七つの橋を渡り切るまで、何があっても誰と出会っても声を出してはならない。それが出来れば、願いが叶うというものである。

「女将として旅館の仕事第一でやってきて、子供の頃、ちゃんと宗佑の面倒をみてやれんかった」

その負い目があるというのだが、奈緒子から見ると、どうもそれだけではない。

甘いのだ。この息子に対しては、理由もなく。

それもあり、この店を開店するための借入金も「わかりました」と二つ返事で引き受けてくれ、自分名義で銀行から借金してくれたのだ。

と、そこに翔太がまた口を挟んだ。

「いいえ、奈緒子さんも甘いですよ。奈緒子さんがかぐらやで仲居として働きだしたのは、宗佑おじさんが最初に作った借金を返すため。それをいまだに奈緒子さんが払ってるんだから」

彩に続き、今度は優香まで驚いている。

「まだ今でも、奈緒子さんが面倒をみてるんですか？」

「そう」

翔太が代わりに頷く。

「大女将だったおばあちゃんと、女将である奈緒子さんが甘やかしたお陰で、こういうおじさんになったんだよ」

これは……。

今回、ますます、三角関係がこじれかねないようなことをしたことへの、意趣《いしゅがえ》返し。仕返しだ。

その証拠に、翔太はニヤッとして奈緒子を見ている。

宗佑は、自分の方へ、とばっちりが飛んでこないうちにと、「さてと、もう客も来ないようだし、後片付けでもするか」と素知らぬ顔でテーブルの椅子などを片付けだした。

「優香さん、ちょっと席を代わって」

彩が優香の席と入れ替わり、奈緒子の隣に座った。

イヤな予感がしたが、逃げ場はない。

「奈緒子さん」

「あ、はい……」

彩が奈緒子に向き合う。

仕方なく奈緒子も彩に向き直った。

「かぐらやを新しいかぐらやに変えたいと言いましたよね」

優香と彩には、奈緒子がこれからやろうとしていることは、すでに話してある。

「私は、女将として、このかぐらやを新しいかぐらやに変えていきたいの。そのために、あなたたちにも、力になってもらいたいんです」

奈緒子にとっても、この女将修業は意味のあるものなのだ。

「だとしても、その前に、まずは夫をどうにかした方がいいんじゃないんですか？　いつまで、夫を甘やかす妻でいるんですか？」

「……それは重々と……反省を……」

「女将修業も始まるっていうのに、奈緒子さんには、もっとしっかりしてもらわないと困ります」

「……はい……」

「私と優香さんは、奈緒子さんのもとで修業するんですから」

「……すみません……」

そう言われると何か申し訳ない気持ちになり、思わず二十以上も年下のおかっぱ娘に謝った。

これでは立場が逆だ。

優香は、こらえ切れなくなったのか、吹き出しかけた口を押さえ俯いている。

だが、これほど強気の彩なのだが、母親の前では様子が違ったのだ。

その翌日、女将修業を始めようという矢先に、東京から、飛鳥グループの社長秘書がやって来た。

客間に通されたその秘書は、まずはお世話になっている礼を奈緒子に述べ、後からやって来て向かいに座った彩に、「戻って来るようにとの、社長からのお言葉です」そう伝えた。

彩なら、即座に追い返すと思っていた。女将修業をすると言い、奈緒子にしっかりしろと説教した翌日である。

だが、秘書が「直接お話しを」と、社長である母親に電話をかけると、その辺りから、彩の様子が少しヘンになった。視線がウロウロする。そして携帯を差し出されると、恐る恐るというように手を取り、携帯の向こうの声に耳を澄ました。

そのとたん、声を詰まらせ、しどろもどろである。

「あの、それは……」

「けれど、今は……」

何も言えなくなった。

あとで知ったのだが、彩は大のマザコンで、彩にとって母親は絶対的なゴッドマザーらしい。

今回かぐらやに来ていることも、ちょうど母親はロサンジェルスに、アメリカ進出の第一号となるホテル建設の用地を視察しに行っていたため、面と向かってではなく、社内の書類でしか伝えていなかったようだ。

言い返せないまま電話を切った彩を見て、秘書は、すぐにでも連れ帰ろうとした。

そこで、困り果てている彩と目が合った。

まるで、見知らぬ場所に連れ去られようとしている子犬が助けて欲しいと訴えているような哀れな目である。とっさに言ってしまった。

「彩さんは、私がお預かりした娘さんです。私がお母様を説得します」

それで東京に来たのだ。

おせっかいは、相変わらずである。

三

奈緒子は、ホテルの中へと入った。

今日の着物は、薄い藤色の加賀友禅で、裾には白いムクゲの花と赤い実のなる藪柑子《やぶこうじ》、そして胸元にトンボが舞っている。

エントランスを潜ると、広いロビーがある。高級感があるモダンでスタイリッシュな内装となっていた。

壁の装飾はすべて白を基調としている。

両サイドには、大きなスクリーンがあり、植物を飾る代わりに、画面一杯に自然の美しい景色が映し出されている。その映像の合間には、飛鳥グループのチェーンホテルの紹介なども流され、宣伝も兼ねているようだ。

片隅には、メタルチックな台が何台か並べ置かれていた。一人のサラリーマンが、その台のボックスの中に使用した部屋のキーをポンと入れた。これでチェックアウト出来るシステムとなっているのだ。

これがフリーチェックアウトなんだ。

この機械のことは翔太が夜食の席で話していた。

「ホテルでは、ますます合理化が進んでいて、チェックアウトはお見送りがないんだ」

「え？　お見送りがない？　では、お客様は誰に言葉をかけられることもなく、一人、スタスタと帰られるんでございますか？」

房子などは、接客業としてありえないという顔付きである。

「チェックアウトの列に並ぶわずらわしさがなく、こっちの方がいいっていう声が多いみたいだよ」

忙しいビジネスマンにとってはありがたいのだろう。

この規模のホテルだと、多い時は毎日、二、三百名の宿泊客がいるはずだ。その客たちがチェックアウト前にカウンターに押し寄せたら、精算する番が回ってくるまでに、相当時間がかかることになる。

ネットで見た飛鳥グループのホームページにも、「チェックアウトの待ち時間がなく、その日、すぐに仕事先に出向かれるサラリーマンの方たちには便利なシステムとなっています」と書かれていた。

それ以外にも、驚いたことがある。

奈緒子が到着した時は、お昼過ぎであり、そのチェックアウトの時間はとっくに過ぎていたのだが、若いサラリーマンの姿が多い。キャリーバッグなどの荷物は持っていないので、出張の宿泊の利用ではない。リモートワークのお客様だ。

今、ホテルは宿泊するためだけのものではなくなってきている。

チェックアウトから、チェックインまでの間の時間も部屋を稼働させようと、仕事部屋としても使えるようにしているのだ。

それをいち早く取り入れたのも、この飛鳥グループである。奈緒子は、元の旅行会社の部下に連絡して、ここに来る前に話は聞いていた。

「先手を打って、新たなプラン、仕掛けを打ち出しています。宿泊の予約に関しても、ホテル公式アプリを作り、直接ネットで出来るようにもなっているんです。そして、日々の需要の予測を立て、宿泊料金を変動させるスタイル、イールドマネジメントシステムも使っています。今でこそ、次々とビジネスホテルがやりだしていますが、これも飛鳥グループが先行して取り入れたシステムです」と元部下は言っていた。

まさに時代の最先端を行くホテル経営である。

ホテルマンである従業員の接客も感じの良いものであった。

マニュアルがあるのであろうが、誰もが笑顔で親切である。初めての客である奈緒子には、館内の地図を見せ、説明もちゃんとしてくれた。平均年齢は若く、それこそ、優香や彩のような若い従業員たちが多い。

部屋の中に入ると、ここでも目を見張った。

セミダブルの部屋はそんなに広くはない。だが、コンパクトに上手くまとめられていて、ベッドでリモコンを手に取ると、すべての操作ができるようになっている。ノートパソコンを広げ、Ｗｉ‐Ｆｉと接続し、それをテレビにつなげれば、画面にすべてのデーターや資料が映るようにもなっている。

彩が言っていた通りだ。「駅前の便利な立地、清潔でスタイリッシュ。そして機能的な客室。ビジネスマンの使いやすさを目指した究極の都市型ホテルです」と。

時代を先取りし、新しいホテルを作り上げているのだ。

それに比べて、かぐらやは……。

そう思わずにはいられなかった。

今でこそ、宿泊の予約などは、ネットでも受け付けパソコンで管理しているが、奈緒子がかぐらやに来た当初は、電話で対応し手書きであった。

お客様の情報も、すべて女将が把握して担当する仲居に申し送り、今のようなデーターでの管理にしたのはつい最近のことである。

そのたたずまいもしかりで、先日、ご家族で泊りに来られたお客様がいらっしゃったのだが、中学生のお子様が部屋に入るなり、「まるで漫画に出てくる時代モノみたいだ」と興味津々の様子だった。

お聞きすると、家には洋間ばかりで和室がなく、そうなるともちろん、床の間などもなく、座布団に座ることもなければ、布団を敷いて寝ることもない。旅館にくつろぎに来たというよりは、日本の和室を体験学習しに来たようでもあった。

そして、その規模もしかりである。

かぐらやは、一棟全十四室であるのに対し、「全国にパートナーホテルを含めると二百以上のチェーンホテルを展開し、事業計画などの資料を見ると、これからもその店舗数は年々増える様子です」と元部下はそうも言っていた。

「同じ宿泊業をしているのに、これじゃ雲の上と小さな池の中みたい」

雲泥の差以上だ。

宗佑には、そんな当たり前過ぎる本音をもらした。無事着いたかと電話してきてくれたのだ。

「当然だろ？　そっちは今大流行りのビジネスホテル、こっちは旅館。しかも建て替えもままならない相当年季の入った地方の日本旅館なんだから」

わかっている。比べようもないことは。

だが、ある程度の知識はあり知ってはいたが、実際に自分の目で見ると驚きは隠せない。

圧倒されている。

いや、それだけではない。

焦りだ。その焦りが押し寄せるのだ。

新しいかぐらやを作り上げようと頑張っているが、もうすでに手遅れなのではないかと思わせられる。もっと早く何らかの手を打っておけばよかったのかもしれないと。

だが、どんな手を……？

答えの見つからない後悔までもが一緒になって押し寄せてくる。

それが、女将としての自信までをも揺るがせる。

これではいけない。

こんなことで、このホテルチェーン飛鳥グループの社長である彩の母親に会い、彩の女将修業を認めさせることが出来るのかと思わずにいられない。

奈緒子は携帯を切ると、窓から外を見た。

高速道路の下に先ほどの日本橋が見える。かつて栄えた五街道の出発点だが、今はもう見る影もない。

それと同じで、かぐらやもまた時代に取り残され消えていく旅籠《はたご》に思えてきた。

彩の母親とは明日、面会することになっているので、今夜は実家に顔を出すつもりであった。

「え？　来れるの？　じゃ、あんたの好物作って待ってるからね」

久しぶりに母親の美也子の弾む声を聞いた。

美也子は、七年前、病気でしばらく入院したことがあった。まだ志乃も健在だったので、旅館の方は任せて、奈緒子は東京に戻り、看病をしていたのだが、それからは数回しか実家には帰っていない。志乃の葬儀の時に来てくれたが、他の弔問客《ちようもんきやく》の相手をしていて、ゆっくりと話す時間もなかった。

きっと、志乃亡き後、かぐらやの女将となり、一人切り盛りしている奈緒子のことを案じているに違いない。

父親の浩《ひろし》もそうだ。

口には出さないが、いつも奈緒子のことを気にかけてくれている。

釣りが趣味で、年金生活をしていたが、今は、声をかけてくれるところがあり、週に三日ほど仕事に出かけている。

美也子が入院した時、浩はすぐには奈緒子に知らせなかった。

「旅館だけでも大変だろうに、親のことでお前に負担をかけたくなかったんだ」あとでそう言っていた。

女将になったばかりに、いくつになっても心配ばかりかけている。

親孝行という言葉があるが、奈緒子はこの年になっても出来てはいない。だから、今夜くらいはと、かぐらや弁当の一品にもなっている奈緒子が漬け込んだかぶら寿司と、美味しい金沢の地酒をお土産に持っていくつもりで用意してある。

早速、私服に着替えて、その土産を手にエレベーターで一階に降りた。

入り口に向かおうと、ロビーを横切っている時である。ふと見ると、ソファに中年の男性客が座り込み、右の足首を押さえているのが目に入った。足を痛めたのかもしれない。

その客が痛みでしかめた顔を上げた。

「木村《きむら》様?」

かぐらやにも何度か宿泊しに来て下さったお客様であった。

奈緒子が洋服だったので、一瞬わからなかったようだが、すぐにかぐらやの女将だと気づいたようだ。

「ああ、女将」

「どうなさったんです？」

「見ての通りだよ、出張でこのホテルに泊まってるんだが、信号が変わりかけてたんで、前の道路を急いで渡ろうとしたら転んでね。くじいたみたいなんだ」

見ると、すでに赤く腫《は》れ上がっている。

「大丈夫ですか？　痛みは」

「ああ、ちょっとひどいんで、今、タクシーを呼んでもらってるところだ。近くに病院があるらしいんで診てもらいに行ってくるよ」

ホテルの従業員がタクシーが来たことを告げに来た。

「じゃ、女将、また」

一人で歩くのも大変そうで、従業員に肩を借りて玄関のタクシー乗り場へと向かった。

見ていると、従業員は病院までの地図を手渡している。付き添わないのだ。

「何かあれば、いつでもお電話下さいね」

病院から木村を連れ帰り、ベッドに寝かせ、薬を飲ませると奈緒子は部屋を出た。

もう午後九時を過ぎていた。あの後、「私が病院までご一緒に」と、奈緒子は木村の乗ったタクシーに自分も乗り込んだのだ。

救急外来の治療は案外長引いた。骨に異常がないか調べるためのレントゲンの順番がなかなか回ってこなかったのである。

木村は、横浜の繊維関係の会社に勤めており、かぐらやには、二年に一度ほど、仕事の息抜きに金沢見物を兼ねて御夫婦で訪れて下さるお客様である。

今回は、東京の商社との打ち合わせで、二日前から来ており、ようやく商談もまとまり、明日帰る予定だったのだと戻りのタクシーの中で奈緒子に話した。

夕食を食べてはいなかったので、帰りの途中に立ち寄ったコンビニで自分の分と一緒に買ったお弁当と飲み物を枕元に置いてきた。このホテルには冷蔵庫はあるが中は空っぽで、飲み物なども各自で買い、そこに入れるようになっている。

骨には異常はなかったが、腫れがひどく、今夜は熱が出るかもしれないと言われたらしい。

薬が効いて、ぐっすり眠れるといいのだが。

そんなことを思い、自分の部屋に戻ろうとエレベーターホールに向かうと、そこにホテルのマネージャーが立っていた。奈緒子のチェックインを担当してくれたそのマネージャーは、まだ三十代くらいの男性である。ロビーのカウンターにいた従業員から、戻って来たと連絡を受けたのだろう。

まずは笑顔を向け、礼を言った。

「お手数をおかけいたしました。ありがとうございます」

物腰はソフトである。

「ですが、こういうことをされましては……」

と続けた。

「病気やホテル外でのお怪我の場合、ホテル側のやることは病院を紹介することと、タクシーが必要ならば、その手配まででございます。ましてや、お客様のお部屋にまで入ることなどは……客室のドアが閉まれば、その先はお客様のプライベートルーム。それを守ることが務めでございます」

タクシーに一緒に奈緒子が乗った時、見送っていた従業員たちが気まずそうに一瞬顔を見合わせていたのを覚えている。

「ここは、老舗旅館かぐらやではありませんので」

やんわりとそう言い、また微笑んだ。

奈緒子は予約を入れた時に、身元も話し、彩の母親への面会もお願いしてある。マネージャーもこちらが誰かを知っているのだ。

「ホテルの接客のやり方を邪魔したのなら、申し訳ありませんでした。ですが、これは、かぐらやの女将としてしたことではありませんので」

そう言うと、そのマネージャーは「え？」という顔をした。奈緒子は会釈すると、止まっていたエレベーターに乗り込み、自分の部屋に戻った。

きっと、今日の一件は、彩の母親である社長にも伝わることだろう。

奈緒子はベッドに入る前に、明日もう一度着る着物を丁寧に吊るしていた。

ゴッドマザー。

業界でもそのあだ名で呼ばれていて、有名のようだ。

「まあ、ゴッドマザーですから。並大抵の経営者では、ここまでホテルを大きく出来ませんからね」

元部下は、同じ業界の中でも遥か上を行く経営者として尊敬しているようだった。

自分の経営方針には絶対的な自信があり、すべてがトップダウンだとも言っていた。

きっと、彩もその母親の作ったルールの中で支配人として、いや、それまでも娘としてやってきたのだ。

「私、ダメなんです……母には、一度も反抗したことがなくて……」

彩が力なく項垂《うなだ》れた。

あの日、秘書が帰った後、奈緒子は母屋の奥座敷に彩を呼んで二人で話した。

あんなに意気消沈し、しょんぼりした顔の彩は初めてだった。翔太にガツンと言われた時も、ここまでではなかった。

彩は、自分でも認めるマザコンであった。

「今回のかぐらやでのレッスンは、初めて自分で決めたことなんです……」

いきなりかぐらやに押しかけて来て、「おもてなしのレッスンを受けさせて下さい」と言った時の勝気な表情からは、想像も出来ない。

そんな目の前の彩を見て奈緒子は、ますます親身になり何とかしてやりたいと思ったのだ。

病院で治療を待っている間に、実家に電話をし事情を話した。

今夜は行けそうもないことを伝えると、美也子は「そう」と気落ちした様子だった。きっと手料理を作り、浩と「もうすぐ来るわね」と楽しそうに待っていたはずだ。

けれど、「それじゃ仕方ないわね。ちゃんとその方のお世話をしてあげないとね」と、捻《ねん》挫《ざ》した木村のことを案じてくれた。

「病気の時もそうだけど、怪我をした時も、人は心細くなるものよ。それが旅先なら、なおのこと。ついていてあげなさい」

「うん、ありがと」

ごめんね、心の中でそう詫びて、奈緒子は電話を切った。両親もわかってくれている。

木村がかぐらやの客であったことは確かだ。だが、ホテルのマネージャーに言った通りに、旅館の女将だから付き添い、世話をしたのではない。もし見知らぬ人であったとしても、目の前で誰かが困っていたなら手助けをした。人として当たり前のことだ。

相手を敬う心、思いやる心。

それが、おもてなしの原点である。

時代で変わるものもあれば、変わらぬものもある。彩にもその心があったからこそ、奈緒子は女将修行をしてみないかと持ちかけたのだ。

東京に来て、少し気後れしていたが、今また、その原点に立ち戻った。揺らいでいた自信も戻って来た。

この着物を着て来てよかった。

胸元のトンボを指でそっと撫でてみる。

トンボは、加賀百万石の祖である前田利家公が戦に出陣《しゅつじん》する時、兜《かぶと》につけていたものだ。

前にしか進まず、退かないところから「勝ち虫」とも呼ばれ、縁起がいい。

今、奈緒子も老舗旅館の女将として、出陣を迎えた気持ちになっていた。

四

翌日、奈緒子はその着物を着て面会に向かった。

本社は、新宿にあるらしいのだが、この日本橋の旗艦店の最上階にも、社長のオフィスはある。

エレベーターに乗り、その階へ向かう。

飛鳥成美《なるみ》。

奈緒子と同い年である。

実家が経営していた福井のビジネスホテルを拠点に、チェーン展開のホテル作りを始めた。

商機《しょうき》は先手。

いち早く時代を取り込み、常に先手を打って、新たなプランを立て、施設、設備を改善してきたのだ。そしてビジネスマンのための都市型ホテルを作り上げた。それが出来たのは、即断即決する社長、つまりはゴッドマザーの手腕である。

木村は、幸いなことに熱も出ず、朝一番に横浜から駆けつけた妻が車に乗せて連れ帰った。

「ほんと、女将さんがいて下さってよかった」と夫婦で何度も奈緒子に礼を言った。

昨日のマネージャーも、他のホテルマンたちと荷物を車に運び、「お大事に」と笑顔で声をかけて見送っていた。このホテルのサービスは行き届いている。奈緒子もそのことでとやかく言うつもりはない。

エレベーターが開くと、かぐらやに彩を迎えに来た秘書が待っていた。奈緒子を社長室へと案内する。

ドアを開けると、中に声をかけた。

「お連れいたしました」

「どうぞ、入ってもらって」

少し高めのよく通る落ち着いた声である。

「おかけになっていて。これを片付けてしまいたいの」

一面ガラス張りの窓を背に、デスクの上のパソコンに目を落とし、顔を上げる気配はない。

奈緒子は言われた通り、応接セットのソファに腰を下ろし部屋を見回した。この執務室も白を基調としシンプルである。余計な装飾は一切なく、大きな実務机に椅子、真っ白な壁には、飛鳥グループのロゴである金の鳳凰の原画が飾られている。

秘書が、ペットボトルに入った水と、こちらもロゴを刻んだ美しいグラスを持ってきて置いた。奈緒子に会釈すると黙って出て行く。

都会の真ん中なのに、外の雑踏の喧騒が何も聞こえない。仕事に集中するため、防音設備も完璧なのであろうか。

カチャッと音が響く。ようやく成美がパソコンを閉じたのだ。

立ち上がると、奈緒子に顔を向けた。

「私の人生はチャレンジそのもの」

インタビュー記事で読んだ成美の言葉である。真っ白なパンツスーツ姿で、こちらをじっと見ている。

自信があるのだ。白の装いは、その表れでもある。

奈緒子も立ち上がった。

「初めまして。かぐらやの女将の神楽奈緒子と言います」

相手の目を見るとニッコリと微笑んだ。

自分の視線に怖気《おじけ》づくと思っていたのか、意外だという顔になると、ようやく成美も薄く笑った。

「娘がお世話になっているそうね。母親の飛鳥成美です」

そう言うと今度は背を向け、窓の外を見ながら早速質問した。

「ホテルサービスの第一は、何だと思う？」

だが、奈緒子が答える間も与えず、口にした。

「お客様に飲食と睡眠、さらに生命、財産の保護に関わるサービスを提供することよ」

暗に昨日の奈緒子のとった行動を出過ぎたことだと非難しているようだ。

「日本旅館のおもてなしは、ホテル経営では必要ないわ。だから娘には、かぐらやで勉強をする意味はないと私は思ってるの」

「ですが、彩さんは、そのおもてなしを勉強したいとうちに来られました」

奈緒子が答えた。

「ここを逃げ出したかっただけよ。私はいつも、娘には能力以上の課題を与えているから、やるべきことが多過ぎて、息抜きでもしたかったんでしょ」

彩が、社長である母親の与える課題を次々とこなしてきただろうことはわかる。そうすることで、今、目の前にいるゴッドマザーである母親に認められたかったのだろうことも。

「そうだとしても、一度、お預かりした娘さんです。どうか、かぐらやでの女将修業を認めていただけませんか？」

成美が振り向き、奈緒子に強い視線を向けた。

「ハッキリと言わせてもらうわ。今の日本の老舗と言われている旅館の大半は、女将のもてなし以外売りもなく、客も馴染みの客ばかり。そんな日本旅館に未来はない。いずれ、日本旅館はすたれていく。そんなところへ、娘を預けろと言うの？」

嘲るような笑みを浮かべている。

「あの子が、何を経験したらいいのかを決めるのは、母親である私よ。それに、あの子に自分の人生の選択をすることはまだ無理。ここに娘の代わりに、あなたがいることがその証拠。何一つ、面と向かって母親である私に言い返すことも出来ない。娘は、私の目の届くところで勉強させます」

これで話は終わったとばかりに、秘書を呼び、引き取らせるため、腰を屈めデスクの上のインターホンに手を伸ばし押した。

胸元のトンボがひらりと舞う。

ここで退くわけにはいかない。不退転の羽である。

「時代がどう移り変わろうとも、変わらないものがかぐらやにはあります。その心を学びたいと彩さんはかぐらやにやって来たんです」

目の前に立った奈緒子に一瞬、成美が目を見開いた。

地方の旅館の女将が何を言ってるのだ。身の程も知らず、この私に挑むつもりかと思っているのかもしれない。

だが、奈緒子も視線を逸《そ》らさない。

互いに相手を見合った。

そんな二人の緊張感に、やって来た秘書が足を止め声もかけられないでいる。

「自信があるのね」

「彩さんを一人の女性として、そして、おもてなしの心を持つ女将として、一人前にしてみせます」

今一度、奈緒子をじっと見ると、成美は口の端を上げた。

面白いと思ったのかもしれない。だが、それだけじゃない。奈緒子はある情報をつかんでいた。

飛鳥グループは、今度、金沢に新たなホテルを建設する予定である。そのための用地買収を始め、廃業を考えている金沢のホテルや旅館などに、今、渡りをつけているところだ。それらが奈緒子の耳にも入ってきていた。

彩の今回の一件が、その足がかりとなると考えているのかもしれない。

「では、見せていただくわ。かぐらやの女将の力量を」

認めはしないが、娘を預ける気にはなったようだ。

「ありがとうございます」

老舗旅館の女将とビジネスホテルの女社長。共に女の将である。

この戦い、負けるわけにはいかない。

奈緒子は辞儀しながら、心の中でそう呟いた。

第五章　女将修業

一

「明日、客人を連れてお昼を食べに行きたいのだが、いいかね？」

華道家元の村田から、昨日、そう電話があった。

奈緒子は、お客様をお見送りした後、村田たちをお通しする客間を急ぎ整え、二階から降りてきた。

坪庭越しの屋根の向こうの空はカラリと晴れ渡り、八月に入ってからは珍しく快晴続きである。夏の盛りを過ぎる頃までは縞鯵《しまあじ》が旬で、板長の辰夫の作る、その漬《づ》け丼が村田の大好物なのだ。

けれど、それだけじゃないはずだ。

あの後、村田とは、まだちゃんと話をしていない。

かぐらやのご意見番である村田は、房子から一階に食事部屋を作ると聞き、息せき切って駆けつけてきた。

今すぐ、そんな考えは改め、今まで通りの部屋食を続けてもらいたい。かぐらやが食事部屋を作るだなどということは撤回してもらいたい。

そう詰め寄った。

客間で食事をすることは、老舗旅館かぐらやのおもてなしの一つであり、城下町として栄え料亭での会食が盛んだった、この地の伝統の継承でもあるのだと。

だが、奈緒子は、「かぐらやの女将として決めたこと。やるしかないと思っています」と答えた。

「うちの菊亭と並ぶ老舗旅館のかぐらやさんが、とんでもないことを」

そのことを知った菊亭の菊なども、ここぞとばかりに言いふらすものだから、金沢中の女将たちにも知れ渡ることになった。

奈緒子はもとが東京からのえんじょもんであり、ようやく姑である志乃に嫁として認められ、花嫁のれんを潜ることが出来、その志乃のもとでの女将修業を経て、こうしてかぐらやの女将となることが出来たのである。

すべては、志乃がいてくれたお陰なのだ。

しかし、その志乃が去年の秋の終わりに亡くなり、かぐらやの全責任は奈緒子の肩にかかっている。なのに、そんな噂があぁだこうだと面白おかしく流れでもしたら。

旅館業は客商売である。

良くない噂となって広まったら取り返しがつかない。

「はあっ……」と、いつもなら深い溜息をつきたいところだが、今はそうではない。

先日、東京から帰って来ると、母親の美也子から電話があった。

「何か、張り切ってるそうじゃない？」

奈緒子は、彩の母親で飛鳥グループの社長である成美と会った後、用意していたお土産を渡したくて、父の浩に東京駅まで来てもらったのだ。

「ごめんね、わざわざ」

「それはいいんだが、もう少しゆっくりしていけないのか」

残念そうな口ぶりだ。それも仕方がない。こうして東京まで来ているのに、実家にも寄らずに帰るのだ。

「そうしたいんだけど、また今度。帰ったら早速やることがあるのよ」

掲示板の時計を見上げると、もう時間である。少しでも早く帰りたくて、発車間際の金沢までの新幹線の切符を買ったのだ。

「じゃ、お母さんによろしくね」

そう言うと、かぶら寿司と地酒を渡し、挨拶もそこそこに着物ながら階段を駆け上がった。

「おい、エスカレーターがあるだろ？」

呆れたような声だったが、また何やらヤル気になっている娘の背を見て、苦笑していたに違いない。

「あんたが、苦労を苦労と思わず頑張るのは、今に始まったことじゃないから、母さんももう何も言わないけど」

電話の向こうの美也子も呆れた口ぶりだが、声の調子は明るい。浩と同じく、笑っているのだろう。

「まあ、父さんや母さんは、何があってもエールを送ってるから」

ほんとに親はありがたい。心配しながらも、いつも励まし見守ってくれる。そんな親の声援に応えるためにもますます頑張らねばという気になっている。

成美との面会は、奈緒子にとっても刺激になった。

老舗旅館かぐらやの女将としての意地とプライドが沸々と湧いてきたのだ。

迷いはふっきれた。

やはり、志乃を始めとし、代々の女将が培ってきた老舗旅館、かぐらやの伝統と格式。

それを奈緒子の代で変えてもいいものだろうかと、どこかでためらいのようなものがあったのだ。

だが、変えるべきものと守るべきものが、奈緒子の中でハッキリとした。

そして、その翌日から優香と彩の女将修業を始めた。女将修業も、新たなかぐらやの柱とすることにしたのだ。

「このかぐらやの女将になったとしたら、どういうおもてなしをしてみたいのか。それを考えて、自分なりに接客してもらいたいの」

若い人たちのアイデアで、従来のおもてなしに縛られず、どんどんやってみて欲しいと。

二人とも、すでにそのつもりでいてくれた。

優香は足湯である。

それまでも優香の足湯が評判となり、優香を部屋付きでと指名するお客様が増えていたのだが、最近は、「癒しのおもてなしなら、かぐらやの足湯が一番」と温泉愛好家が集うネットの掲示板に誰かが書き込んでくれたらしく、ますます優香の指名が多くなっている。

奈緒子も試しに足湯をしてもらったが、ほんとに気持ちがいい。

優香の手は細く華奢なのだが、案外力がある。

「これでも、椎茸の栽培は、原木の伐採から手伝っていたんですよ」

母屋の庭に面している縁側代わりの廊下で、奈緒子を椅子に座らせ、足裏をお湯の中で揉みほぐしながらいろいろ話してくれた。

能登にいる祖父に引き取られてからは、毎日、椎茸栽培を手伝っていたのだと。

椎茸づくりは、森の中のクヌギ、コナラなどの、まだそれほど幹が太くなっていない木を切り倒し、葉枯しと言って十分に乾燥させてから、それを一メートルほどの長さに切断し、そこに椎茸の菌を植え付けていくという。その後も、その切った木を棒積みに手作業で積み上げるらしい。

「力がいる仕事なんです。だから、手や腕の筋力はあるんです」

そう言った通り、柔らかな掌《てのひら》とは違い指先に加減よく力が入り、上手くツボを押していく。

「あ、そこ……」

「肩、凝ってますね」

「あ、そこも……」

「ここは胃です。夏バテには気をつけて下さいね。消化が上手く出来なくなりますから」

いろいろ勉強もしているようで、どこのツボを押すとどういう効果があるか、そういう知識も増やしているようだ。

知子たち仲居がその練習台を買って出ている。

「優香さんの女将修業にもなって、あたしたちもこんなにリラックスしたいい気持ちになれるなんて」

「まさに一石二鳥だわ」と喜ばれている。

先日は、房子がその練習台となったのだが、どのツボを押されたのか、その日は始終にこやかであった。

「多分、ストレス緩和のツボじゃないの？」

「毎日、そこ押してもらえばいいのにねえ」

そんなことを面白そうに話していた。

一方、彩の方は、新たな企画を立ち上げた。

奈緒子はその説明を聞くため、休憩時間に房子と増岡にも帳場に来てもらった。

「まずはこれを見て下さい」と作った企画書を手渡す。

そこには、かぐらやの客層を世代別、性別などに分け、グラフでわかりやすく示されていた。

「二十代のお客様は、女性がわずか数名。それも家族連れです。友人同士でお泊りのお客様は、全くゼロ。見向きもされていません。金沢は、若い女性が行きたい観光地のベスト3に入るというのに、これは大問題です。よく今まで何も手を打ってこなかったと呆れ果てます」

遠慮なくズケズケと言う。

「それは……何とかしなきゃとは思ってたんだけど」

「思ってるだけでは何も始まりません。気づいたら決断、即実行です」

「はい、すみません……」

また彩に叱られた。

房子が眼鏡の奥からジロッと奈緒子を見ている。しっかりしろと言いたいのだろうが、もっとも過ぎて、何も言い返せない。こういう時の彩はいつもながら支配人の顔で手厳しい。母親の秘書が帰った後はめげていたが、今ではすっかり立ち直っている。どうも、奈緒子が東京に行っている間に、翔太が彩をなぐさめ励ましていたようだ。

宗佑の店のカウンターで旅館の仕事が終わったあと二人で話し込んでいたようで、翔太が何か真剣な顔で彩に声をかけ、彩も素直に頷いていたという。

その様子に宗佑も声がかけられず、「知らない人が見たら、あれは悩みを相談し合っている恋人同士に見えるんじゃないか」と言っていた。

前々から思っていたのだが、翔太は、彩のことを何かと気にかけている節がある。

口では、「ほんと迷惑だ」とか、「早く東京に帰ってくれたらいいのに」といつも言ってるのだが。母親に電話で叱責された後、落ち込む彩を見て、彩がマザコンだと奈緒子に教えたのも翔太だった。

「彩さん、母親の期待を裏切りたくないと、頑張り過ぎるんですよ。それに、ああ見えて、神経細いところがあるっていうか。それで今のように落ち込んじゃったりもするし、そういう時は、誰かがそばにいてやらないと……」

まるで、自分の彼女を心配している口ぶりで、奈緒子はその時、ン？　となったのだ。それにそういう込み入ったことまで知っているのも、何やらと……。

やはり東京では、親しくしていたのだろうかと勘繰りたくもなる。

この前、東京にいる翔太の妹の幸から電話があり、優香と彩が女将修業をしていることを奈緒子は話した。優香のことを幸は知っている。優香がかぐらやで働き始めた時、幸はまだこちらにいた。そして彩のことも知っていた。

幸が東京に行った時は、翔太もまだ東京のホテルで見習いシェフとして働いていたので、大学合格のお祝いにディズニーランドに連れて行ったらしい。その時、彩は強引に飛び入り参加したそうだ。翔太は仕方なく、「勤め先のホテルの支配人だよ」と幸に紹介したが、ここでも彩は「彼女です」と訂正したそうだ。

「始めは、お兄ちゃん、振り回されてるなあって思ってたんだけど、なんかほっとけないみたいだったんだよね」

あれ乗ろう、これ乗ろうと、彩は幸よりはしゃいで翔太は引っ張り回されていたらしい。

だが、ここでも、「迷惑なんだよ。勝手に来て、好き勝手なことして」とボヤきながらも、彩の乗りたいアトラクションにちゃんとつきあい、面倒を見ていたそうだ。

翔太には、父性的なところが確かにある。

かぐらやを継ぐと決めてくれたのも、かぐらやを守りたいという思いがあるからで、その辺りは、叔父の宗佑とは全然違う。宗佑はどちらかと言うと、守ってもらいたい男で、志乃や奈緒子がいるからこそ、自分のやりたいことが出来て、勝手も出来る。

けれど、そんな翔太の行動が彩を勘違いさせているのかもしれない。

このままでは、翔太と優香と彩、この三人は、ほんとの三角関係になってしまうのではと奈緒子も気が気でない。

だが翔太は、「この女将修業が無事終わったら、もう一度、優香にちゃんと返事を聞いてみます」この前もそう言っていたので、それはありえないはずなのだが。

「そこでです」

彩のハキハキした声に引き戻された。

「この若い女性客を呼び込むための企画として、金沢ならではのアクティビティなおもてなし、老舗旅館かぐらやでの和のマナーコース入門、という企画を提案したいと思います」

声に力が入っている。女将修業で、一歩先を行く優香に何としても負けたくないのだろう。

持ち前の負けん気が前面に出ている。

「アクティビティ？」

房子が聞き返す。

「その地域ならではの伝統や、取り組んでいる活動などを体験として取り入れることでございます」増岡が即座に説明する。

増岡も、新たなかぐらやのために、話題になっている世の中の観光をいろいろと勉強しているのだ。

「今は、ただ単に観光だけで、お客様を呼び込む時代は終わったと言われております。そこに何か、プラスアルファが必要だとか」

「その通り！」

彩が大きく頷いた。

「それが和のマナーコースです。このかぐらやで、若い女性を対象に、着物の着付けから、その行儀作法、また和食の食べ方のマナーなどを体験してもらいます」

「なるほど」

奈緒子も頷く。

「今の若い人たちは、スキルを身につけたいと思っているんです。英検に始まり、簿記や秘書検定、ファイナンシャルプランナーもあれば、インテリアコーディネーター、食生活アドバイザーなど、自分が興味のある様々な教室や講習会に通っています。そこで、このかぐらやでも、その講習会を開いてはというものです。いかがでしょう？」

文句ないだろうという意気込みだ。

だが、房子が異を唱えた。

「修業中の身で、何を教えるというんです？」

とんでもないと鼻白んでいる。

「しかも、着物一つ、着付けることも出来ないというのに」

先日、金沢駅前のもてなしドームで市の観光イベントがあり、かぐらやも参加した。もてなしドームは、駅を降りた人に傘を差し出すおもてなしの心をコンセプトに作られていて、金沢の伝統芸能である能楽で使われる鼓《つづみ》をイメージした門構えは荘厳そのものである。

奈緒子は優香と彩にも手伝ってもらい、これから兼六園で咲きだす萩の花を観光客の方たちにお配りしたのだ。二人には、奈緒子の着物を着てもらった。

優香は、淡い桃色のような浅紫にひなげしや竜胆《りんどう》の草花をぼかしてあしらった加賀友禅を、彩には、青褐《あおかち》という深い紺地に赤い牡丹《ぼたん》の花が裾に咲き乱れる、こちらも加賀友禅を着てもらった。

優し気な色合いと鮮やかな色合いが華やかに対比し、二人が並ぶと足を止め、写真を取りだす人たちもあとを絶たず、その場にいた菊亭の菊も、この時ばかりは、「かぐらやさんのお陰で、賑わいのあるイベントになりましたわ」と褒めてもくれた。

だが、優香は仲居として毎日、着物を着て動いているのでいいが、彩はパンツスーツで通している。着物には慣れておらず、着付けも一人では出来なかった。

「まったくもって、かぐらやの仲居が着物も着れないなんて」

小言を言いながら、房子がぎゅうぎゅう帯を締め上げた。

「く、苦しい……」

彩は呻《うめ》いたが、

「着崩れしないためです」

長時間立つとわかっていたので、房子も悪意はなかったのだが、その着付けた着物と夏の日差しがいけなかった。

奈緒子があっと思った時にはフラッとし、ぶっ倒れそうになっていたのだ。

その時のことを思い出したのか、彩も小さく咳払いはしたが、そこはしたたかに知らん顔して続けた。

「私はマルチタスクだけを担当しようと思っています」

「マルチタスクとは、一人でお出迎えからお見送りまでのお客様のお世話をするということです」増岡がまた即座に房子に説明する。

房子は彩に苦言を聞き流されたうえ、増岡までがヤル気になっているのがますます面白くない。

「いつも私ども、仲居がしていることでございます。何でもかんでも横文字にしたらいいというわけではありません！　私が申し上げたいのは、自分が出来ないことを人様にお教えするなどとは言語道断だということでございます！」

鼻息まで荒くなっている。

と、彩が「おっしゃる通りです」とそんな房子に笑顔を向けた。

これは何かある。奈緒子がそう睨んだ通りだった。

「お出迎えから、お見送りまでは私がします。ですが、着物や和のマナーに関しては、講師の方に指導してもらいたいと思っています」

「講師？」

「房子さん、よろしくお願いします」

「え？　どうして、私が……」

そもそも房子は、新しいかぐらやをよしとしていない。そんなかぐらやなどは必要ないと思っている。

「大女将が作り上げたこのかぐらや、そのかぐらやを守り抜くことこそ、私の使命。私の目の黒いうちは、断じて好き勝手にはさせません！　そのおつもりで！」

言わずとも、房子の心の声は聞こえている。

それに、房子は彩に女将の資格など与えたくもない。おもてなしをおまけと言い、ボランティアと言ったおかっぱ娘である。だが、彩の方が一枚上手だった。

商機は先手。

母親譲りのその言葉通り、すでに先手を打っていた。

開いたホームページには、講師として、いつ撮ったのか、笑顔の房子の写真が貼られ、「北陸一の仲居頭がご指導いたします」とのキャッチコピーまでついている。

「かぐらやが嘘をついたとなると、それこそ老舗の看板に傷がつきます」

房子は二の句が継げず、唖然としている。

そんな房子を前に、「お願いしますね」と彩がおかっぱ頭を下げた。

ぱちぱちと拍手が聞こえる。増岡が感心して思わず手を叩いていた。

負けちゃいられない。

そんな二人を前に、奈緒子も新たなかぐらやに向けて動きだしていた。

まずは銀行である。

まとめた書類を持って交渉に行ってきた。食事部屋を作る資金を借りるためである。感触はいい。長年つきあいのある地元の銀行の支店長は、前向きに考えると約束してくれた。

仲居の着物も新たにした。

「動きにくい着物より、パンツスーツで」

そう彩に言われてから、奈緒子もそこはすぐにでも出来ることなので、変えてみようと思ったのだ。

茶衣着《ちゃいぎ》といい、上下に分かれている着物である。色は、今までと同じ加賀友禅の五色の古代紫とし、かぐらやの伝統のままとした。仲居たちの評判もいい。

「これ、動きやすいわ」

「お食事をお出しするときも、袖を気にせず済むしね」

着物だと、何事もまずは袖を取り込んでから、お世話をしなくてはいけない。それでいつもひと手間かかるのである。そこも配慮し、袖回りの幅も短くした。

そんな折である、村田が客人を連れてやって来たのは。

「あの一件は、あの一件として、やはりかぐらやの板長が作る料理は、食べたいんだよ」

村田は、客室に腰を落ち着けるなり奈緒子にそう言った。顔はしかめ面のままだ。

女将修業については、村田は以前から、定期的に開催してはどうかと言ってくれていたので文句はない。だが、客間に案内する時にすれ違った仲居たちの服装を見て、

「変えたのかね」

と聞いてきた。これがまた気に入らない。

「何か、なし崩しと言いましょうか？　私とて、口を挟む暇もなくて」

奈緒子の斜め後ろについて一緒に案内している房子が、その後ろを歩く村田を振り返り、目でそう語っている。房子は頑として、以前の着物のままである。

「ここは、一つ、村田様から熱いお灸を据えていただかないと」

口には出していないので聞こえてはいないが、村田の方も、わかってると言うように目で頷いている。

縞鯵の漬け丼は、ご飯にとろろ芋をかけ、焼きのりと刻んだ大葉を載せて、その上に味を含ませ刺身にした縞鯵を並べ、煎り胡麻をふりかける。そして仕上げにイクラで彩りをつけ、山葵《わさび》を添える。

熱い夏には、のど越しもよく、食が進む。器は足のついた朱色の輪島塗である。かぐらや

の夏の名物料理である。

　客間でのその食事が終わった頃合いを見計らって、奈緒子は茶を運んだ。

　村田の顔も和やかになっている。

　美味しいお料理を食べて、機嫌の良くならない人はいない。このタイミングを逃す手はない。彩にあやかり、先手必勝である。

「食事部屋の件なんですが」とにこやかに切り出した。「今、銀行からの融資のお返事を待っているところなんです」

　早速、村田が何かを言いかけようとしたが、その前に客人が口を開いた。

「聞いたよ。一階に食事部屋を作るんだってね」

「いや、まだ決まったわけじゃない」

　慌てて村田が誤りを正すように言う。

　こちらのお客様は、金沢で酒造業を営んでいるのだが、今では、その源泉となる水で化粧水なども作り出し、評判もいいようである。ターゲットが若い女性なので、そちらの動向にも詳しい。

「今時の若い娘さんたちには、いいんじゃないのかね。椅子とテーブルでだろ？」

「はい。かぐらやの趣を壊さない、木で作った和風のものでと」

「畳の上での食事も慣れてなきゃ、せっかくの料理もゆっくり味わうどころじゃないしな」

「だが老舗旅館での食事は、こうして客間の和室で、心落ち着かせて一品一品堪能してこそだ。それが伝統と格式を誇る老舗旅館での食事の在り方だ」

村田が口を挟む。頑として曲げるつもりはないようだ。

「それに、周りに他の客がいたんじゃ、落ち着かないだろ」

「そこは、間仕切り用に加賀友禅で飾った衝立《ついたて》を置こうかと思っているんです」

よく知っている呉服屋さんに友禅工房を紹介してもらい、その相談も進めているところだ。

「だからね」

村田の語気が荒くなった。

「私は、そもそも食事部屋は必要ないと言ってるんだよ」

食事の世話をし終えて、控えている房子も、「おっしゃる通りでございます」と今度は声を上げた。

村田と房子が目と目を見合わせ、しっかり頷き合っている。この二人のタッグは、なかなか手強い。

「今で言う、反対勢力でございますね。どうなさるおつもりで？」

食事を待つ間、奈緒子が今日宿泊のお客様を確認しに帳場に立ち寄った時、その場にいた増岡が心配そうに話しかけてきた。そんな増岡に奈緒子はいつもの明るい声で答えた。

「大丈夫です」

「何か、秘策でもおありでございますか？」

「いいえ。何とかなると思ってたら、何とかなりますから」

　こういう時は流れに任せる。

　案ずるより産むが易しもそうだが、ヘタな作為をしない方が物事はいい方に転がっていくと、奈緒子は心のどこかでいつも思っている。

　生き方の信念というほどではないが、何事かを決めて走りだしたら、あとは川に浮かべた小舟のように流れに沿って進むだけである。

　増岡は、「だと、いいんでございますが……」と奈緒子の返事にますます不安そうだったが、一瞬、間を置き顔を上げると、「いえ、そうでございます。女将の言う通り、何とかなると思っていたら、何とかなります。その通りでございます」と自分にも言い聞かせるように顎を引いた。

　増岡も、志乃や代々の女将が作り上げたこのかぐらやを愛している一人である。

　だが、今の女将は奈緒子。そこは辰夫と同じで、船頭である女将の言うことに従うのが旅館の番頭だと心得ている。奈緒子にとっては増岡もまた信頼出来る頼もしき仲間の漕ぎ手である。

と、客人が何かを思い出した。

「そう言えば、あれだ。村田さんのお家もリフォームされたらしいじゃないか」

渋い顔で茶を飲んでいた村田の顔が、あっ……となり、その目が狼狽えた。

「台所を対面式のシステムキッチンに変えたそうだね。家内がそちらの細君から聞いたそうでね。うちでも、そうして欲しいとせがまれて困ってるんだよ」

「では、洋間に変えられたんですか？」

奈緒子がすかさず尋ねる。

「あ、いや、その……妻は以前から腰がね。それで、料理を運んで出す度に、立ったり、座ったりはキツくなってきたと……」

すでに村田の弁明はしどろもどろである。

この機を逃す手はない。

「かぐらやも、そのことが理由の一つなんですよ。階段の上り下りが、仲居さんたちの負担になっていて。先日も仲居さんの一人が滑り落ちてしまったんです」

一番のベテラン仲居の知子である。

食事時に、お客様の注文で、何度かお酒やビールを運び、急ぎ上り下りしていた時である。

特に、下りるのがいけない。幸い、お盆は空、あと二段というところだったので尻餅《しりもち》で済んだが。かぐらやの階段は、昔のままの作りの幅なので、踏み板が少し狭くなっているのも原因ではある。こういうことが年に数回はある。

「そうでございますか、金沢の名士である華道家元の村田様のお宅でも、今はテーブルと椅子でお食事を」

奈緒子は満面の笑みでニッコリした。一気に形勢逆転である。

村田が両腕を組むと、口をすぼめ俯く。房子はと見ると、これは駄目だ……とばかりに、こちらは上を向いて眼鏡の奥から黙ったまま天井を見つめていた。

帰り際に村田には、感謝の気持ちを伝えた。

「御心配は本当にありがたく思っています。かぐらやは、伝統と格式を失くしたら、ただの古い旅館だということもわかっています。でも、一番大事なものは、決して失くしたりはしません」

守るべきものは、ちゃんと守り抜く。

奈緒子は玄関に先に降りると、並べ置かれていた村田の草履《ぞうり》を右だけ少し斜めに置き換えた。

村田は右の膝が少し良くない。なので、こうした方が履きやすいのだ。村田は、その草履に足袋《たび》を履いた足を入れると頷いた。

「ああ、その言葉、信じてるよ」

今回の件は諦めるとしたようだ。

「だが、まだすべて認めているわけじゃない。今後を見せていただいてからだ。それが納得出来ない時は、大反対するからね、いいね」

「はい、もちろんです。それでこそ、かぐらやのご意見番です」

村田も、この老舗旅館かぐらやを大事に思ってくれているからこそである。そんな村田だから、志乃も事あるごとに相談し、助言してもらっていたのだ。

「村田様」

「何だい？」

ずっと気になっていることを聞いてみた。

「大女将は、生前、村田様に何か言ってなかったでしょうか？」

「何かとは？」

「それは」

──あと、一つ……。

志乃は、今際《いまわ》の際に奈緒子に何を言い残したかったのか。

それが知りたいのだ。

二

今夜は、宗佑の店で翔太が洋風卵料理を試食させてくれることになっている。

東京から帰って来て早々、その卵料理の数々をかぐらやの板場で作ってみせてはくれたのだが、味見をした板長の辰夫が、よしとしなかった。まだかぐらやでお出しできる味にはなっていないと。

それ以来、練習に練習を重ねていて、特にアンヘレスに力を入れている。耐熱皿のココットに入れオーブンで焼く欧風目玉焼きである。

奈緒子もこのアンヘレスは気に入っており、是非とも新たなかぐらやの朝食の一品としてお客様にお出ししたいのだ。

優香と彩にも、帰りがけに立ち寄ってもらった。

この二人は、相変わらず仲がいい。

彩も優香の前では、ゴキブリの一件で弱みを見せていることもあり、もう取り繕うこともないとばかりに、年相応の素の自分に戻っている。

優香も、彩といると何か楽しそうである。思ったことを口にし、それを当然とする彩の勝手気ままさが自分にはないもので、うらやましくもあり新鮮に映るようだ。

この前、奈緒子がお昼過ぎの休憩時間に、母屋の庭で洗濯物を取り込んでいると、板場の裏庭のベンチでお菓子を食べながら、二人がしゃべっている声が聞こえてきた。

「マロン？」

優香が聞き返している。

マロンとは、もう死んでしまったが、彩がいつも一緒で大好きだったゴールデンレトリバーの名前だと奈緒子は彩から聞いていた。そして、その犬が翔太に似ていることも。

「そう。私が神楽くんを好きになったのはね、犬のマロンに似ているからなの」

彩は優香にも同じことを告げている。優香は口を押さえながらも笑っているようだ。

と、いきなり裏口の戸が開く音がして、続いて、「おい」という翔太の声がした。板場にいた翔太にも聞こえ、慌てて出てきたようだ。

「そういうこと言うなよ」

彩に怒っている。

「別にいいじゃない。ほんとのことなんだから」

「よくないだろ？」

「犬と同じにされたのがそんなにイヤなの？」

「そうじゃなくて、その……好きとかそういうことを、あまり言うなって言ってるんだよ」

彩が元上司ということもあり、かぐらやに彩が来た時から、翔太は人前では敬語を使っていたのだが、さすがにここはタメ口である。

だが、そんなことで引き下がる彩ではない。

「あのね、好きになった理由を話してるの。喜ぶべきじゃないの？」

最初からそうだが、彩は翔太への気持ちを隠そうとはしない。

優香の前でこんなことを言われたら、翔太ももう何も言い返せないだろう。チラッと覗くと、口をへの字に曲げ背中を向け黙ったまま中に戻って行った。それを見て、今度は優香と彩が二人して笑っている。奈緒子もつられて思わず笑う。

それぞれ微妙な立場かもしれないが、お互いに相手に対して適度に距離を保ちつつ、上手くつきあっているようだ。奈緒子には、それが、もどかしくもあり、微笑ましくもある。

いつまでも、こんな関係が続けばいいのにと思うが……そうもいかないだろう。その時、三人がどんな答えを出すのか。それがどうであれ、奈緒子はそれぞれが後悔のない道を選んで欲しいと願っている。

全員が揃ったところで、翔太が真剣な顔でオーブンを開け、熱々のココットを取り出した。

皿に載せ、カウンターに置くと、ミトンをはめた手で蓋を一つずつ開けていく。

熟したトマトの香りが湯気の中に漂う。

こんがりと焼き色をつけた目玉焼き、アンヘレスはスペインの地元料理で、その家の主婦が作る家庭の味である。半熟に焼き上がった卵をくずし、トマトソースと絡めて食べるのだ。

奈緒子も早速、スプーンですくって口に運ぶ。

まったりとした黄身の甘さとトマトの酸味が混ざり、舌の上に広がっていく。

思わず、溜息がもれそうになる。

後味にコクのようなものが残った。

「翔太くん、何か味付け変えた？」

「そうなんです。和の出汁を使ってるんです」

カウンターの中で翔太を手伝っていた宗佑も一緒に試食しながら、

「これには昆布を使ってるから、その旨味が出てんだよ」とその昆布を手に取り見せた。

「なるほど」

優香と彩もフーフー冷まして食べながら、

「その出汁のお陰かな。外国のお料理なのに何か味が親しみやすいように思えます」

「初めて口にする味ね。この美味しさだったら、うちのシェフなら間違いなく合格よ」

二人とも気に入ったようだ。

東京の飛鳥グループの日本橋のホテルに宿泊した時、奈緒子は、そこの料理長である溝口《みぞぐち》にも翔太が世話になったお礼の挨拶をしてきた。

溝口は若い頃、本場のフランスで十年以上も腕を磨き、その間ヨーロッパ中を回って料理の修業を続け、先のアンヘレスもスペインで食べて美味しかったので、その味を再現したのだと話してくれた。

温厚な人柄で、実家に戻った翔太のことも気にかけてくれていた。

「神楽くんは、料理人に必要な味覚を持っています。それは日本料理の出汁の味を知っているからでしょう」

翔太は子供の頃から、辰夫の作る日本料理に慣れ親しんできた。

出汁は、昆布や鰹節、煮干し、キノコ類などでとり、芳醇《ほうじゅん》で旨味がつまった日本料理に欠かせない味の基本である。

「子供の頃から、味覚が鍛えられているので、繊細な味付けをこなすことが出来るんですよ。だから、見習い期間を一年残してましたが、御実家のかぐらやに帰りたいと言った時、大丈夫だろうと思ったんです」

技術は教えることが出来るが、味覚だけは持って生まれたものと育つ環境によるところが大きいのだと。

辰夫も、「出汁の味付けが、料理人の腕を分けるのや」と言っている。翔太にはそれが備わっているのだ。

だが、その翔太自身が目の前の味に納得していない。

卵は地産の自然の中で飼っている養鶏場のものをいろいろと試し、これだというのが見つかったようだが、味付けの方は、トマトソースと合う出汁がまだ見つからないのだと。

「それで、いろんな出汁で作ったアンヘレスを皆さんに食べてもらいたくて」

次は鰹節でとったのが出てきた。

「やっぱりちょっと違うわね。こっちの方が、風味が濃いような」

「鰹は、出汁が主役の料理に向いてるからな。昆布の方がいいか」

宗佑がそう言うと、翔太も頷いた。

「まだまだ試してみます。何としても、かぐらやならではの味にしたいんです」

翔太は、優香と彩の二人の女将修業を見ていて、ますます気合が入ったようだ。

「もう一度、あの卵料理が食べたいとお客様に思っていただけるような、そんな一品に仕上げたいんです」

料理にかける意気込みが伝わってくる。優香と彩もそんな翔太の言葉に頷いている。

「みんな、新しいかぐらやのために頑張ってくれてんな、よかったな、奈緒子」

宗佑が嬉しそうにカウンター越しに奈緒子に声をかけた。

「ええ」と奈緒子も微笑む。

少しずつだけど、確実に前に進んでいる。

新たなかぐらやという船が、目指す大海に向けて漕ぎだしているのだ。

物事は、それを成した時ではない。挑戦しようという気持ちと、やってみせてやるという気持ちが湧き上がった時が一番充実しているのだと、何かで読んだことがある。ならば、今がその時である。

と、ピッと携帯が鳴った。

宗佑と思わず顔を見合わせる。

「まさか……」

こういう時ほど何かが起こるのが、かぐらやだ。

宗佑もそれをよくわかっている。

「オレ……よくない予感するんだけど……」

「ちょっと、そんなこと言わないでよ」

見ると、増岡である。今夜は奈緒子がこちらに来ているので、帳場の方で、残りの仕事を片付けてくれているはずだ。

「どうかした？」

恐る恐る携帯に耳を近づける。やはり予感は当たっていた。

「女将さん、大変です！　あのお客様が、またお見えになります！」

足湯のおもてなしをぼちぼちだと言って帰って行った、あの大阪の客である。

その大阪の客は、優香が前に担当についた時、男湯に入って背中を流せと言った熊川という男性客である。

だが、優香はそこまでは出来ず、奈緒子とて、そんなことは無理にさせられず、その代わりに足湯でもてなしたところ、「ぼちぼちのおもてなしやな」と言って帰って行ったのだ。

この一言で奈緒子は相当落ち込んだのである。

そんな熊川が再びかぐらやを訪れるとは。

「また何か、無理なことをやれと言われるのではございませんか？」と増岡など心配で胃が痛みだし、薬を飲みだしたほどである。

だが、奈緒子は、「ピンチはチャンス」ではないが、この際これをいい機会だととらえることにした。

今度は彩に担当仲居になってもらい、彩がどういうおもてなしをするのかを見てみたいと思ったのだ。

優香は、あの時、足湯というおもてなしを自分で考えついた。熊川の気には染まなかったようだが、その後、その足湯は評判となり、先日は村田のお墨付きまでもらった。優香に足湯をしてもらった村田は、「何も文句はないよ。足湯、新たなかぐらやのおもてなし、いいじゃないか。どんどんやりたまえ」といたく気に入ってくれた。

そして優香はこのもてなしで自信も身につけた。これまでは、「どういたしましょうか」「これでよろしかったでしょうか」と尋ね返す時など、少し心許《こころもと》なかったが、今では語尾までしっかりと言える。

ささいなことだが、こういうところからお客様は安心して世話を任せられるかどうかを感じ取るものである。

これで優香は大丈夫。女将修業を無事終えられそうだ。

そして、残るは彩である。彩の方も好調は好調である。

彩の作ったホームページを見たという若い女性客が何組かすでにお見えになった。もちろん、房子が講師ではあるが、それ以外はすべて彩がお世話している。

客間でのそんな女性客との弾んだ会話が廊下にも聞こえてくる。

マナー教室で教える着付けの着物も、友禅の卸問屋さんが貸し出しを無料でしてくれた。

「加賀友禅のピーアールにもなるんですよ」

彩の強気の交渉の成果である。

その着物を着た女性客たちを連れて、茶屋街を案内もしている。先日、奈緒子と行ったカフェとも交渉し、かぐらや宿泊のお客様には、抹茶パフェの金箔のふりかけを倍にしてもらった。女性客たちも大喜びである。

さすが、飛鳥グループの旗艦店の支配人をしているだけはある。企画力、行動力は奈緒子以上である。

けれど、肝心なことがまだ残っていた。

若い女性客たちは、彩のもてなしを楽しんで帰って行った。帰り際、また来たいとも言ってくれていた。彩もそれで満足して笑顔で見送っていた。

けれど、それは奈緒子が女将修業で彩に知って欲しい、おもてなしとは少し違う。

時代がどう変わろうが、変わらないもの。そんなかぐらやのおもてなしの心を見つけて欲しいのだ。そして、そんな心を持つ、女将になって欲しい。

——彩さんを一人の女性として、そして、おもてなしの心を持つ女将として、一人前にしてみせます。

成美に言ったあの言葉。確かに言い過ぎたかもしれない。彩は、ここでの女将修業が終われば、また飛鳥グループのホテルに戻り、支配人を続けるだろう。女将になることはないのだ。

だが、その心を知ることが、きっと彩のこれからの人生を変えてくれるはずである。そして、一人の女性としての生き方も。

そのためにも、奈緒子はあの大阪の客の世話を彩に任せることにした。

また、前と同じに男湯で背中を流せと言ってくるかもしれない。すんなりとはいかないことはわかっている。だからこそ、彩が、どうもてなし、笑顔でお見送りするのかを見てみたいのだ。

まずは先の一件を彩に話した。彩も、この客の世話が、自分に課せられた最後の課題だとわかっているようで、神妙な顔で奈緒子の話を聞いていた。

だが、聞き終わると意外な答えが返ってきた。

「私なら、男湯に入って背中を流すことくらい出来ます」

彩は事もなげだ。

「いいの？」

奈緒子の方が驚いた声を上げた。

「はい。向こうじゃ、温泉はホットスプリングスと言われていて、保養地の施設として男性も女性も関係なく、皆さん一緒に利用しています」

向こうとは、ヨーロッパである。彩は視察を兼ねて何度か訪れたらしく、そこでは思い思いのスタイルで、大体は治癒を兼ねてのんびりつかっていて、中には真っ裸の人もいるらしい。

「ですので、男湯であろうが裸であろうが、私は気にはしません。背中も流します」

以前、腰のマッサージを頼んだお客様には出来ませんと断ったはずである。それは仲居の仕事ではなく、ボランティアだと。

奈緒子もこれには返す言葉がなく、どうすればと思っていたところ、翔太が「かぐらやのおもてなしを何だと思ってるんだ」と叱りつけてくれたのだ。それもあり、今回は汚名返上で意に反してでもやろうと思ったのかもしれない。

「そう言ったんですか?」

そのことを奈緒子から聞いた翔太も驚き、野菜を剝いている包丁を落としそうになった。

最近、翔太も休憩時間など手が空いた時に母屋に戻って来て、夜食の下ごしらえを手伝ってくれたりする。それで台所で二人して準備している時に、奈緒子が先の話をしたのだ。

「ええ、やるって」

「そんな……」

責任を感じたのか、慌てふためいた。いきなり背を向け、急ぎ彩に電話をかけているようだがつながらない。

「ちょっと、見てきます。休憩中のはずなので、どこかその辺りにいると思うんで」

「え？」

「無理することないんですよ。別に彩さんは女将になる必要もないんだし、女将になれるお墨付きをもらわなくてもいいんですから」そう言うと、「すいません、あとはよろしくお願いします」と切りかけの野菜を奈緒子に押し付けるように渡すと急いで行ってしまった。

「ねえ、これってどういうこと？」

その夜、二階の寝室で布団を敷きながら、宗佑に聞いてみた。

あの慌てぶりを見ると、これでは彩の一方通行の片思いだとも言い切れないのでは。

「あんなに心配するなんて……やっぱり、翔太くんの方も、彩さんのことを……でも、まさか、そんなことないわよね？　優香さんがいるんだし……」

思案しながらシーツを広げ、布団に掛ける。

宗佑も毎日のことなので、一緒に二人して布団の四隅にせっせと入れ込んでいく。こういう時、宗佑は意外と几帳面で口は閉じていて手だけ動かす。

「このままじゃ、何かこじれにこじれて、大変なことになるんじゃ……ねえ、何とかした方が……」

奈緒子がやきもきしていると、最後に両腕を広げ、掌でシーツのシワまできれいに伸ばし切った宗佑が口を開いた。

「いいか、奈緒子」

真面目な顔だ。

「こういうことは、何もしない方がいいんだよ。わかってるよな？　絶対にヘンなおせっかいだけは焼くなよ。奈緒子が首を突っ込むとろくなことはない。何度も言うが、それは母さんの言ってた通りだからな。いいな？」

そして、「絶対だぞ」ともう一度、念を押した。

それは奈緒子もよくわかっている。

女将修業が終わるまでは我慢するつもりである。

そして、ぼちぼちのお客様がやって来た。

「熊川様、またお越し下さり、ありがとうございます」

「この前は世話になったな」

玄関で出迎え辞儀する奈緒子を、以前と同じで少し不愛想に見下ろしている。

「今回も、ご旅行でございますか？」

「いや、ちょっと女将に話があって、それで……」と話しながら奈緒子の斜め後ろに座って辞儀している彩を見た。

彩も茶衣着を着だしている。

動きやすければ抵抗はない。そして割り切りもいい。翔太の説得にも耳を貸さず、すでに目の前の客の背中を流すつもりで張り切っている。

「今、かぐらやで女将修業をしてもらっている彩さんです。今回、熊川様のお部屋の担当をと」

「よろしくお願いします」

ヤル気満々で顔を上げた。

と、二人同時に顔を見合わせ驚いた声を上げた。

「あっ！」「ああっ！」となった。

「なんでお前がここに」

「そっちこそ、どうして？」

この二人、父と娘であった。

三

「いや、すまん、ちゃうんや、ちゃうねん」

客室で熊川が必死の弁明を彩にしている。

この前、泊まれなかった浅野川を見下ろせる部屋を今回はご用意したのだが、景色を楽しむどころではない。

「若い仲居さんに背中を流してもらおうなんて、そんな下心と違うんや。ほんまや、信じてくれ。頼む！」

床の間を背に正座して、手まで合わせている。前室の障子前に座っている彩は、「どうだか」というような冷たい視線だ。

熊川は本名を野田誠《のだまこと》といい、彩がまだ幼い頃、母と離婚した父親である。つまりは、成美の元夫だ。かぐらやには、偽名で宿泊していたらしい。

「そやから、仕事の一環として仕方なしにああいうことをやな」

潜入捜査ではないが、普通の客としてかぐらやに宿泊し、料理の味、接客態度などを調べていたそうである。

今、世界にはフーディーと呼ばれる美食をこよなく愛する人たちがいる。

その中でも、特に富裕層の若い客たちが、世界中の美味しいと言われる料理を食べ歩いているらしい。野田は、主にアジアのそんなフーディーを相手に個人で旅行業を営んでいるのだ。

「お金に糸目はつけへんのですわ。その土地ならではの食事に始まり、お酒も何もかも、一番うまいものを飲み食いさせろと」

それで、かぐらやに偵察に来たわけである。

「伝統的な日本の和食は、皆さん一度は食べてみたいと言うとります。それで、金沢の老舗中の老舗のかぐらやさんの料理を味見に来たんです。さすがですわ。見た目も味も素晴らしかったです。私も自信を持って紹介出来ます」

「ありがとうございます。そういうお客様に来ていただけることは、かぐらやにとってもありがたい話だと」

金沢は今、海外からも観光で訪れるお客が増えてきている。こちらもこれから考えなければならない課題なのだ。

「ただ、問題が……」

「問題？」

「みんな超わがままなんですわ。この前は、京都の祇園の料亭で懐石を食うた後、札幌のラーメンを食べたいから、連れて行けと」

「え？ 京都から札幌？」

「何とか、ジェットを飛ばして連れて行きましたが」

「そんなことを？」

「はい。平気で無茶な注文をしてくるんですわ」

聞いただけでは信じられない話である。

と、それまでしらっと父親を見ていた彩が口を開いた。

「そういうフーディーの話は、私も聞いています。彼ら彼女らといると、日常茶飯事の出来事だとか」

「そうや、よう知っとるな。さすが、ワシの娘や」

彩はそう言われても少しも嬉しくない顔だが、やっと口を聞いてくれた娘に野田はホッとしたようだ。

「ですが、それと野田様のお背中を仲居がお流しするのとは、どうつながるのでしょうか？」

彩が敬語で尋ねた。その丁寧な言葉遣いが余計に突き放したように聞こえる。

「いや、そやからやな……ここで食事したら、その後、温泉にも入ってみたい言うやろし、その時、一緒に仲居さんに入ってもらって、背中を流してもらいたいいうようなこともあるんやないかと……」

言葉を詰まらせながら続けたが、もう面倒臭くなったのか奈緒子の方に顔を向けた。

「そん時、どう対応するのか見てみたい思いまして……すんません、無理なこと言うてしもうて」

「そうでしたか」

野田はもう一度「すんませんでした」と膝を揃えたまま謙虚に頭を下げた。嘘ではないようだ。この前は超わがままなフーディーを演じていたようである。

そうとわかれば、奈緒子には聞きたいことがある。あの帰り際に残した言葉、ぽちぽちのおもてなし。

「ですが、おもてなしは気に入ってはいただけなかったのではと」

「え？　そんなことありません。よう、あんなふうに機転を利かせて、足湯を提案しはったと感心してましたわ。それもこれも、老舗ならではの経験と勘どころでっしゃろな。ワシも気持ちようて、寝起きやのに、ついまたウトウトとしてしもうて」

「けれど、ぽちぽちだと」

「何言うてますねん。ぼちぼちは、褒め言葉ですわ。関西の人間は、儲《もう》かってまっかと聞かれたら、大抵、ぼちぼちですわと返事します。そこそこ儲かって上手くいってるいう意味ですわ。何、しょうもないこと言うてますねん」

豪快に口を開け笑いかけたが、まだこちらを見ている彩に遠慮してか、すぐに閉じた。

「では、足湯を、お気に召していただけたということですね」

「もちろんです。ちゃんとネットでも、癒しのおもてなしなら、かぐらやの足湯と書き込どきました」

どのお客様なのかと思っていたら、あのネット掲示板に書いてくれたのは野田だったのだ。

これで謎は解けた。

すべての事情がわかったところで、「で、何でお前がここへ」と今度は野田が彩に尋ねた。


「たとえ父親であったとしても、お客様はお客様。仲居として、接客させていただきます」

その言葉通り、彩は、その後、野田の世話を完璧なまでにやり遂げた。野田が浴衣に着替えたあとは、背広にアイロンをかけ、取れかかっていたワイシャツのボタンを付け直し、下足室の野田の革靴を丁寧に磨く。

食事では、料理の説明に始まり、野田がこの前、気に入って飲んでいた地酒も用意しお出しした。所作、言葉遣い、接客態度も文句のつけどころがない。

そして問題の風呂である。

「そやから、あれは、試しに言うたことで……勘弁してくれ言うとるやないか」

「いいえ、お背中流させていただきます！　お客様に満足していただかないことには、もてなしたとは言えません！　私の女将修業の合否がかかっているんです！」

やはり、彩が気にしているのはそこである。優香にも、もちろん負けたくないだろうが、この修業を無事に成し遂げなければ、何のために母親に楯突いてまで、金沢におもてなしのレッスンを受けに来たのかわからない。

その心意気を見せるため、野田がさっさと湯船から上がって部屋に戻らないように、浴場の出入り口で門番のように待機した。

そして、頃合いを見計らい、「よし！」というように大きく頷くと、「失礼します」と颯爽と中に入って行ったのだ。

知子たち仲居が、配膳室前からそんな彩を見届け、見直している。

「これこそ、かぐらやのおもてなしよねえ」

「女将修業の甲斐があったというもんじゃないの？」

「これで彩さんも無事合格ね。ですよね、房子さん」

「はいはい、おしゃべりはそこまで。担当のお客様のお部屋での布団敷きをお願いします」

知子たちが「はあい」と行く。

房子は、やれやれといったように見送っていたが、それ以外は何も言わない。帳場から出てきた奈緒子にも会釈だけすると、その前を通り過ぎた。

房子にもわかっているのだ。

これでは女将修業は合格にはならないことを。


翌朝、野田は出立した。

これから小松空港に向かい、台湾へ飛ぶのだそうだ。

「台湾の皆さんに、少しでも早う、かぐらやのことをお話しせんと。善は急げです」

お見送りするため、奈緒子たちが玄関前の畳に居並んだ。

「この前のぼちぼちのおもてなしも良かったけど、今回もほんまにええもてなしをしてもらいました。大満足ですわ」

野田の言葉に、部屋付きの仲居として奈緒子の隣に座っている彩は微笑んだ。父親ではあるが、男湯にまで入って背中を流したのだ。見事にもてなしたという自負が本人にもある。

目の前の玄関の三和土《たたき》も、きれいに掃除され、ガラスの引き戸の向こうの飛び石には打ち水がされ、すりガラスに彫られた透かし彫りのカキツバタの家紋も丁寧に磨かれている。

玄関の清掃は主に増岡の仕事なのだが、今朝は彩も手伝っていた。女将修業最後の締めくくりのつもりであろう。料理で言うなら、美しい器に料理が盛られ、味も美味しく、最後に名品の和菓子と日本茶で締めくくった、申し分のない出来栄えである。

確かに、彩の接客は非の打ちどころがなかった。

けれど、そこに奈緒子が彩に気づいてもらいたかった、肝心のものがない。

目に見えないものが一番大事。

そのおもてなしの心を知りたくて、彩はかぐらやにやって来た。だが、その本当の意味がわかっていないのだ。

それがないと、どんなおもてなしも単なるよく出来たお世話に過ぎない。

翔太が何度もだし巻き卵を作り直させられたことと似ている。あの時の翔太も形や味にばかり気がいき、大事なものを見落としていた。

野田が増岡から手荷物のバッグを手渡され、行こうとする。彩を始め、房子たち仲居もお見送りの辞儀をしようと両手をつく。

「野田様」

声をかけた。野田が奈緒子を見る。

「今朝のお話ですが、ちっちゃな手の」

おせっかいは百も承知だ。

今朝、奈緒子が朝食の席に挨拶に伺ったところ、野田は以前と同じように最後にご飯を茶漬けにして口一杯頬張っていた。

「昨夜はよくお休みになられましたか?」

「はい、お陰様でぐっすりと眠れました、と言いたいとこですが、なんや、ようは眠れませんでしたわ。嬉しいのと、申し訳ないのとで」

「え?」

「久しぶりなんですわ、あいつの顔見たの」

そう言うと、今回は行儀よく茶碗を置き、箸までもキッチリと箸置きに並べ置いてから、話しだした。

野田は、仕事の関係で台湾などでも長年くらしていたらしく、離婚した後、娘の彩とも、時々しか会えずにいたという。

「それで久しぶりに日本戻って来て、あいつが飛鳥グループのホテルで支配人しだしたと聞いて、会いに行きたいなとは思うとったんですが……けど、もし、そんなことして元嫁にバッタリ会いでもしたらと思うと、真夏でも寒イボが出ますのや」

「サブイボ？」

思わず聞き返してから、関西では鳥肌が立つというのをそう言うらしいと聞いたことを思い出した。

「ああ」と奈緒子が頷く。

「ぼちぼちや寒イボも子供の頃から使うてた言葉です。けど、元嫁はそういう関西弁もあまり好きやのうて、使うとイヤな顔しますのや。ワシは生まれ育った大阪が大好きです。そこで昔から使うてた言葉を変えてまではどうもやっていけんで。男の生き方、コケンにかかわることとでっさかい」

野田なりの不器用な生き方を選んだということなのだろう。

聞くと、最初は夫婦で、成美の実家の福井のビジネスホテルを経営していたらしい。だが、そこでも成美の強引なやり方にはついていけなかったのだと。

「女将さんは会うたと言うてはったから、わかると思いますけど、元嫁はほんま凄いヤツです。今の飛鳥グループを作り上げたんは、あいつの経営者としての才覚ですわ。けど、赤字続きで廃業に追い込まれたホテルの買収なんかを見てると、何もそこまで値を叩かんでもと。相手にも生活あるやろとワシは思うてしまうんです。ま、そういうとこが元嫁から言わせたら、あかんたれの経営者ということのようですわ。それで、今は、夕べ話したフーディー相手に一人で気楽にやってますのや」

そう言い笑った。

「けど、あいつのことだけは気がかりで……ここには、おもてなしのレッスンに来たと言うてましたが、母親んとこから、飛び出してきたんやなとはわかりました」

逃げ出したと成美は言っていた。

「もしそうなら、初めて自分で決めたことですわ」

——私、ダメなんです……。

——母には、今まで一度も反抗したことがなくて……。

彩がしょんぼりと言っていた顔を思い出す。

「元嫁のことは、ようわかってます。娘の人生、自分が主導権を握って、レールを敷いて走らせてるんですわ。もちろん、それだけの才能も能力もあるとわかってるからこそやとは思いますが……けど、まだ若い、幼いところもあります。なのに、あの年で実力以上の支配人にならせたのも酷な話です。すべては、将来自分の後継者にするためでっしゃろ……そんな母親の期待を背負うて、ほんま大変やったと思います……けど、そんな目にあわせたのも半分はワシのせいですわ……ワシがそばにおったら、もっと、あいつを守ってやれたんやないかと……自分を残して、一人で勝手に出て行った父親を恨んどるかもしれん……そんなことも思うてました……」

しんみりと湯呑に口をつけた。

そう言えば、宗佑が事業を起こしては失敗し、借金を残して失踪を繰り返す名人だとの話が出た時、

――男なんて、信用しちゃダメですよ。離婚した父親もよく似た男で養育費も寄越したり寄越さなかったり、いい加減でしたから。

確かそう言っていた。事業の資金繰りなどで、野田にも大変な時があったのかもしれない。だが、そんなことは彩には関係なく、自分のことはもう忘れて、好き勝手に生きている父親だと映っているのだろう。

野田が首をひねった。

「……やっぱり、恨んどるな。あれは」

「え？」

「思いっきりゴシゴシと背中こすりよったんですわ。タワシみたいなので。まだヒリヒリしてます」

明るく笑ったが、その声が止まった。見ると、両腕を突っぱるようにして膝に当て背を丸

めている。

「……あんなちっちゃかった手が……大きゅうなって……」

鼻をグスグスとすすり上げた。

奈緒子が、袂《たもと》に入れているハンカチを取り出し、そっと渡すと、「どうも……」と野田は何度も何度も目を拭いた。その目の辺りが、今も少し赤い。

野田は少し照れたように苦笑した。

「ああ、さっきの食事の時の話ですか」

奈緒子は問いかけてみた。

「あの時、話された、ちっちゃな手は、幼い頃に別れた娘さんの手ですよね？」

知子たち仲居は、野田が彩の父親だとは知らない。それを知っている房子は、何を話しだすのかと思っているはずだ。

「もしかすると、その手は野田様の良き思い出なのでは？」

野田は頷いた。

「はい。あの手で、よう背中流してくれましたんや。一生懸命にゴシゴシと。最後に一緒に風呂に入ったのは、まだ娘が幼稚園の頃やったから、本人は、忘れとるかもしれませんけど」

「そうでございましたか」

隣で聞いていた彩が、えっという顔をするのが目の端に映った。野田が言うように覚えてはいないようだ。

だが、野田の方は、奈緒子が思っていたように、その小さな手をしていた彩との思い出が、ずっと大切に心の中にあったのだ。それが、昨夜、彩に背中を流してもらい、まざまざと目の前によみがえったに違いない。そして、今朝のあの涙となった。

「では、そんな良き思い出が、今回また増えたのでは？」

野田が言葉に詰まった。図星だった。

一瞬、間を置いてから、「女将さんには、かないませんな」と鼻を鳴らして笑った。

「その通りですわ。そんな大事な思い出が、夕べ、また増えました。女将さんの隣におる仲居さんのお陰で」

わざと明るい声を上げた。

だが、彩の方を見ようともしない。娘の彩に一番伝えたいはずなのに。よほど、本音を知られるのが照れ臭く恥ずかしいのだろう。不器用な野田らしい娘への告白である。

野田の足元の三和土には、ガラスの引き戸から朝の日がぼんやり淡く差し、柔らかな影を作っている。

奈緒子の心もふんわり和んだ。

笑顔を向けると、畳に両手を揃えて見上げた。

「良き思い出は心の宝、その宝をつくっていただくことこそ、おもてなしの心でございます」

野田が深く頷く。

「これで、また今日から仕事頑張れます」

最後まで彩を見ることなく、「ほな」とあっさり言うと背を向けた。

奈緒子が辞儀した。

その後ろに座っている房子も辞儀しながら、奈緒子にあとで言うであろう小言を考えているかもしれない。こちらから水を向けて、お客様におもてなしの良し悪しをお聞きするなんて、かぐらやの女将ともあろう者が何て無作法なことをと。だが、野田の良き思い出に免じて大目に見てくれるかもしれない。

その房子の後ろでは、知子たち仲居も辞儀する。優香も辞儀する。玄関脇に立っていた増岡も辞儀する。

そして彩は、父親である野田の背中をじっと見送っている。

彩なら、もう気づいているはずだ。奈緒子がこの女将修業で学んで欲しかったものが何であるかを。

　奈緒子の隣でようやく彩が辞儀した。


　その日は、連日、晴天続きだった金沢の町に朝から大雨が降り、お帰りになるお客様に傘のご用意をしたり、荷物の多いお客様は仲居が駅まで付き添ったりと大忙しであった。

　それが、一段落した頃、一台のハイヤーがかぐらやの門の前で止まった。

「お見えでございます」

　増岡が帳場にいた奈緒子に声をかけた。

　迎えに玄関に行くと、成美が入って来た。

　その日も、真っ白なスーツ姿である。

　二階の客間にお通しした。

　房子が茶を運んできて、成美の前の座卓に置く。差し出す手が緊張している。房子も長年の接客業で人を見る目は鍛えられている。一目見て、相手が只者ではないと見抜いたようだ。

「では、何かありましたら、お呼びを」

　そう言い、襖の前で辞儀すると退室した。二人になり、成美と向かい合う。秘書は別の客間で待たせている。長居はしないようだ。

成美がゆっくりとお茶を口に運んだ。

雨上がりで少し肌寒いので、温かめの加賀の棒茶を用意した。澄み切った琥珀色《こはくいろ》。良質な一番茶を浅く煎じ、香ばしい香りである。

「心が落ち着くわ。この金沢で客をもてなすロビーのウェルカムドリンクにはいいかもね」

すでに、金沢で今度オープンする予定の飛鳥グループの新たなビジネスホテルを見据えている。

「もうご存じかもしれないけれど、近々、駅に程近いホテルを買い取って、そこをリニューアルしオープンさせるつもりなのよ。今回は、その件の打ち合わせもあり、こちらに来たの」

「そのようでございますね」

今、金沢の観光業界は、その話題で持ちきりだ。飛鳥グループのホテルはビジネス客をターゲットとしているが、素泊りで金沢を訪れる観光客もまた、そちらに流れていくのではないかと旅館組合もホテル関係者も戦々恐々としているのだ。

「それと、先日、野田から久しぶりに連絡があったわ。ここに来たそうね」

「はい。まさか野田様が彩さんのお父様だったとは」

「驚いたでしょ？　あんな男で」

「いいお父様です。彩さんのことをとても大事に思ってらっしゃって」

「思うだけじゃ何もならないわ。養育費も送ってきたりこなかったり、娘のために何もしてこなかった、ろくでもない父親よ。それで娘の修業は無事、終わったのかしら？」

「はい」

「どうだったの？」

「不合格でした」

「不合格？」

「私の指導力が足りませんでした」

成美が小さく息をついた。呆れたようだ。

「娘を一人の女性として、女将としても一人前にしてみせますと言ったんじゃなかったのかしら？」

「はい。誠に申し訳ございません……」

その通りだ。謝るしかない。低く頭を下げた。

「まあ仕方ないわ、老舗旅館の看板を背負ってるとは言っても、伝統と格式を守ってるだけのこと。かぐらやの女将といえど、それくらいの力量だったということね。やはり、こちらに娘を預けたのは時間の無駄だったわ。すぐに娘を連れて帰ります」

成美がバッグを手にして立ち上がり、部屋を出て行こうとした。奈緒子は、その成美の前に回り込み、足元に正座した。

「お待ち下さい」

成美を下から見上げた。

「おっしゃる通りです。女将としての私の力量不足だとはよくわかっています。ですが、彩さんは大切なことを教わりました。お父様の野田様が教えて下さったんです」

「野田が？」

「はい。女将修業には合格しませんでしたが、彩さんは大事なものを見つけたんです」

「何を見つけたというの？」

「おもてなしの種です」

「え……」

「その種がこれから、きっと彩さんの人生に花を咲かせることになります」

父親の二つの宝物。

幼かった娘の小さな手。そして大きくなった娘の手。その二つの手で背中を洗ってもらったことが、野田の良き思い出となった。

きっと野田は何か事がある度に、その手を思い出し、本人も言っていたように「また頑張ろう」と、そう思えるはずだ。良き思い出が、生きる力となる。

そんな思い出を作ってもらうことこそ、おもてなしの心。

その種が彩の心に植えられた。あとは、その芽が出るのを待てばいい。茎が伸び、葉がつき、そしてきっと、彩の人生に美しい花を咲かせるに違いない。

成美は、何を言ってるのかというような不思議そうな顔である。腕にはめた時計をチラッと見た。

「とにかく、娘には、次にやるべきことがあるの。一緒に連れて帰るわ」

その時、声がした。

「失礼します」

彩である。障子を静かに開けると、前室に入り正座した。

「お母さん、いえ、社長。勝手をして申し訳ありませんでした」

「ほんとね。戻って来るようにと秘書を寄越したのに、そのまま女将修業とやらを続けるなんて」

「すみませんでした」

頭を下げた。

「さ、行くわよ。こんなところに、いつまでもいるわけにはいかないの」

だが、彩は動かない。

「どうしたの？」

顔を上げた。揃えた手が震えている。彩なりの精一杯だ。

「ここで、もう一度最初から、女将修業をやり直したいんです」

「え……」

奈緒子も息を飲んだ。そんなことは聞いてはいない。

「何を言ってるの？　これ以上、勝手なことをさせるわけにはいかないわ。母親としても社長としてもね」

「わかってます」

彩は、意を決したように胸元から封筒を取り出した。

「私は、飛鳥グループを辞めたいと思います」

辞表を差し出し、深く辞儀した。

最終章　大女将の遺言

一

簞笥の引き出しから取り出した一枚の布を畳の上に広げ眺めた。

何年ぶりだろう。こうして見るのは。

赤と白の下地に吉祥の牡丹、梅、竹、あやめなどの花々が花車に載せられ色鮮やかに染め上げられている。

見事な加賀友禅の花嫁のれん。

大女将であり、姑であった志乃が奈緒子のために作ってくれたものだ。こののれんを階下の奥の座敷の入り口に飾り、奈緒子は志乃に手を引かれ潜った。少しとうの立った花嫁であったが、夫である宗佑始め、辰夫や翔太、そして縁のある人たちが集まってくれ、みんなが祝ってくれた。

花嫁のれんは、覚悟ののれん。

神楽家の嫁になるということは、老舗旅館、かぐらやの女将になる覚悟を持つということでもあった。

あれから、十年と少しが経とうとしている。

奈緒子は、今、もう一度、こののれんを潜ろうと決めた。

それには、夏の終わりの彩の一件があった。


「えらい思い切ったことを……」

成美が帰った後、母屋に戻った奈緒子から、彩が辞表を差し出したと聞いた辰夫が半分感心し、半分信じられないというように呟いた。

彩は母親である成美に自分の気持ちを正直に告げた。

「おもてなしの心をちゃんと育ててみたいんです」

彩にしてみれば、父親である野田も女将修業の卒業課題のお客様で、そのお世話の一つとして背中を洗い流しただけ、ただそれだけだったに違いない。

けれど、野田にはそうではなかった。二つ目の一生の宝物になったのだ。

「今、ホテルの支配人に戻るより、かぐらやで、そのおもてなしを一から勉強したいんです。私は、このままここに残るつもりです」

両手をつき、母親である成美を見上げ言い切った。

「それで、お母さんは納得したんか？」

「それは……」

　奈緒子にもわからない。

　だが、娘の決意の固さを感じてか、強張った声で問い詰めた。

「ここでホテルの支配人を辞めれば、今までのキャリアをすべて捨てることになるのよ。社長である私の娘だからといって、一度辞めた社員をそう簡単に復職させることは出来ないわ。それでもいいのね？」

「はい」

　答える彩の顔は、緊張で引きつってはいたが目は逸らさなかった。

　そんな娘を見下ろす成美は無表情だ。初めての娘の反抗に戸惑っているのを悟られまいとしているのかもしれない。それとも経営者として、そんな甘いことを言いだす娘を冷めた目で見ていたのかもしれない。

　それ以上、彩には何も言わず、秘書を呼び、待たせていたハイヤーに乗り帰って行った。

「なんや、あっけないいんと違うか」

　辰夫も拍子抜けの様子である。

　けれど、これで引き下がるつもりはないはずだ。帰り際、玄関で見送る奈緒子に一度だけ

顔を向けた、

「予定が狂ったわ。あの子には、この金沢にオープンするホテルの支配人をさせるつもりだったのに」

そして、こう付け加えた。

「あなたとの勝負もお預けね」

女将としては合格しなかったが、一人の女性としての成長は認めたようだ。

この私に反抗するなんて。

まあ、よくやった方ね。

帰りの車の中で、ニヤリとしたに違いない。

普通の母親なら娘が手元を離れて寂しいと思うだろうが成美はそうではないだろう。カッコウは自分の卵を他の鳥の巣に入れ、別の親に育てさせるという。それと同じように、このまま奈緒子のもとに預けて様子を見て、巣立ちの頃、自分の後継者として大きく羽ばたけるかどうかを見極めようとしているのかもしれない。

でも、そんなことは今はいい。

彩の精一杯の覚悟が彩の人生を変えた。

そんな彩を見て、奈緒子も今一度、新たな決意をする時だと思ったのだ。

階下に降りると、母屋の庭先から彩の元気な声が聞こえる。

「この図面で行くと、母屋の庭との境界ギリギリまで土を掘り起こすということですね」

今日は、現場の下見に業者さんたちが来ている。

銀行からの融資が下りることになり、食事部屋を作るための作業が来月から始まることが決まった。旅館を休むわけにはいかないので、大掛かりな工事の時以外は、営業を続けながらだ。彩が奈緒子に気づいた。

「あ、女将さん。業者さんが、工期の予定の打ち合わせをしたいそうです」

彩は、仲居としてかぐらやで働きだした。

それまでは、おもてなしのレッスンを受けるということで、お給料が要らない代わり特別に早番、遅番に分けての出勤だったのが今は他の仲居たちと同じだ。部屋付きになったお客様のお世話をするため、朝は朝食をお出しする時間には来て、帰りは客室に布団を敷くまでいる。

住むところも今までの駅前のホテルは、かぐらやのお給料では宿泊費が払えず、近くのアパートに引っ越してきた。

父親の野田とも、最近では連絡を取り合っているようだ。

あのゴールデンレトリバーのマロンも野田が離婚して家を出ていく時に彩に贈ったものだということがわかった。

野田は、置いていく娘の寂しさを少しでもなぐさめてやりたいと思ったのだろう。そして、彩もまた、マロンがそんな父親の面影と重なっていたはずだ。

「台湾にいると思ったら、今はタイにいるそうです。糸の切れた凧《たこ》みたいに、あっちこっちと……ほんとにろくでもない父親です。まるで、奈緒子さんの夫の宗佑さんと同じですよ」

思ったことを口にするところは相変わらずで、面と向かって奈緒子にそんなことまで愚痴っていたが、何か声が楽しそうだ。

彩は、もしかしたら野田が言っていたように、自分は父親に捨てられたと思っていたのかもしれない。

だが、野田の心には、いつも彩との思い出があった。彩はそのことを知ったのだ。

「じゃ、現場の確認が終わったら、談話室の方へご案内して下さいね」

そう声をかけてから、奈緒子は、渡り廊下を渡り、旅館へと向かった。帳場前の廊下を横切ると坪庭が見える。

立ち止まり、耳を澄ませてみた。

あの鳴き声はもう聞こえない。

宿替えをし、浅野川のほとりにいい住み家を見つけたのかもしれない。優香が最初にこのかぐらやでもてなしたカエルのお客様。

その優香は能登に帰った。

一人でくらしている祖父が軽い脳梗塞で倒れたのだ。幸い命に別状もなく、自宅で薬を飲み安静にしていれば今のところ大丈夫だそうだ。だが、優香は実家に戻って、そばで世話したいのだと奈緒子に言った。

「両親が亡くなった後、私を育ててくれたんです。自分が出来る精一杯のことをしてあげたいんです」

足湯でのもてなしをその祖父のために、毎日してあげたいのだと。

奈緒子もその気持ちを聞くと、無理に引き止めることも出来ず、優香を見送った。急ぎの出立となったので、お別れ会などもしないままで能登へと帰って行った。

翔太と優香のことをうすうす知っていた房子も残念そうだった。

「いい若女将になると思ったんですがねえ」

優香は、帰るその日に翔太に別れを告げたのだ。つまりは、プロポーズを断った。

翔太にしてみれば、思いもしなかった突然の別れである。今は能登に戻って祖父の面倒を見るが、それと自分との結婚は別だと思っていたようだ。

気持ちは互いに通じ合っていたはずなのに、どうしてかわからない。

「ちゃんと話し合って聞いてきます！」

そう言い残し、すぐに能登へと優香を追いかけた。

「嫌いになったとか、そういうのではなくて、今でも好きな気持ちは変わらないって……だったらどうして……」

能登から帰って来た翔太は、がっくりと肩を落とし、かぐらや弁当のお店で項垂れた。

「まあ、飲め」

宗佑が注《つ》いだビールをグイと流し込む。

「女将修業をしたってことは、優香はオレとの結婚を真剣に考えてくれてたってことでしょ？　なのに……」

宗佑がまた注いだ。奈緒子は、厨房に入り、つまみになるものを見繕いながら、もしかしてと思っていた。

金沢駅前の観光のイベントで、慣れない着物を着ていた彩が倒れた時、知らせを受けた翔太が急ぎ駆け付けてきた。

木陰で休んでいた彩を見つけると、「ほら」と座り込み、背を向けた。彩をおんぶして旅館に連れ帰ったのだ。

今回の女将修業を通して奈緒子に見えたのは優香と彩の気質の違いだった。

優香は、見た目は可憐ではかなげな印象を受けるが、芯の強さがあった。いろんなお客様がいる接客の中でも、何があっても泣き言一つ言わず、毎日、自分の足湯でもてなした。

一方、彩は、勝気で強気で自分の意志を貫くように見える。けれど実際は、マザコンで落ち込みやすく、最初は、ボランティアだと言ったおもてなしも、女将修業に合格するためなら、「やります」と言った。自分なりの物差しは持っているが、それが時と場合でぶれる。

そこら辺りも危なっかしく、翔太はほってはおけないのだろう。だから彩に何かが起こるたび、相談に乗ったり面倒を見てやったりする。

自分ではまだわかっていないようだが、彩を守ってやりたいと思っているのだ。

優香はそんな翔太の気持ちに気づいたのかもしれない。そして不安になった。いつか自分を離れ、彩の方に気持ちが向く日が来るかもしれないと。

優香は、あの時、彩をおぶって連れ帰った翔太の姿を見えなくなるまで見つめていた。

「オレは諦めません！」

すでに酔いだした翔太が大きな声を出した。

「もう一度、優香に必ずプロポーズします！」

今は、優香が好きな自分の気持ちしか見えていない。

彩は、翔太が能登に行った後、ぼんやりと板場の裏庭のベンチに座っていた。顔を覗かせた奈緒子の気配を察し、「私って、いい女ですよね……」と振り向きもせずそう言った。翔太を能登に行かせたのは彩である。途方に暮れたように落ち込んだ翔太を見て、彩が背中を押した。

「そんなに好きなら、どうして追いかけないの」

その言葉でハッとし、翔太は後を追いかけたのだ。

彩は、気づいていないように見せて、翔太の優香への思いを誰よりもよくわかっていたのだ。だが、それを知らないフリをしなければ、翔太のそばにはいられなかったのだろう。そして最後に、自分の気持ちより、翔太の思いを優先した。

けれど、ここで諦める彩ではない。

「絶対、正々堂々と神楽くんを振り向かせてみせます！」

そう言うと、いつもの強気な顔に戻った。こちらも二度目の宣言である。

三人の恋模様は、奈緒子がおせっかいを焼く暇もなかったが、これからもまだ続きそうだ。

業者との打ち合わせは、滞りなく終わった。

食事部屋は、談話室の右手に隣り合わせにある庭を取り壊し作ることになっている。

「あの梅の木も、のうなってしまうのやな」

そのことを知った辰夫は寂し気だった。その庭には一本の梅の木があり、その梅の花は白く、春の訪れを一足先に伝える。

「今年はいつ花を咲かせるやろねえ」

年が明けると、志乃はいつも楽しみにしていたのだ。

初盆を終え、志乃が亡くなってからそろそろ一年が経とうとしている。

気持ちの区切りをつける時だ。

そう思い、奈緒子は一人、館内を見て回った。

今日は、旅館には誰もいない。房子は彩を連れ、旅館組合の用事で出かけたし、知子たち仲居は客室の掃除を終え、今はいったん自宅に帰っている。辰夫は母屋の方である。翔太も板前の哲と健太と一緒に近江町市場に行くと言っていた。

階段を上がり、二階へと向かう。

客室に入ると部屋全体を見回した。掃除は行き届き、きれいに片付けられ、整えられている。

だが、何がどうとは言えない。

しっくりくる時とそうでない時がある。

例えば、掛け軸はキチンと吊るされているのだが、もう一度、掛け直してみる。床の間には、今が季節のオミナエシが活けられているが、もう一度差し直し、黄色い花を手前に持ってくる。

志乃は時々、ちぐはぐなことを言っていた。

夏の最中、坪庭横の廊下を通りかかると、「そろそろ、簾をもう少し低くして影をつくらんとアカンねえ」と言い、廊下の突き当り奥に飾られている加賀友禅の着物を見ると、「盛夏に向けて、もっと涼し気な色合いのものを」と。

かと思ったら、玄関脇の談話室には、「火鉢を」と。

「まだ梅雨が明け切らぬこの季節、外からお帰りのお客様が雨に降られた時、いつでも炭の火で、あたたかな暖を取れるようにしとかんと」

まるで反対のことだ。だが、何故かそれが上手く収まっていく。

すべては、理屈や段取りではなく、女将の気づきや長年の勘によるものなのだ。

「旅館は女将そのもの」

志乃から教えられたことである。

「かぐらやのすべてに細かに目を配り、細かに気を配り、お客様をもてなす宿として整えていかねばなりません。決して、決め事にはせず、女将がほの時ほの時、感じるもの。こういう気づきにこそ、おもてなしの神様が宿ると言います」

代々の女将が培ってきた気づきと勘、それらすべてが老舗旅館かぐらやを、かぐらやたらんとしてきたのである。

奈緒子の前には、そんな女将である志乃がいた。目指すべき存在として毅然と前を歩いていた。その志乃が急にいなくなった。

ぽっかりと心に大きな穴が開いたようだった。

今までどれほど支えてもらい、励まされ、導かれてきたのかをひしひしと痛いほど感じた。なのに、奈緒子は泣くことが出来なかった。

やるべきことが多過ぎた。お葬式が終わっても弔問客は後を絶たず、その中には、かぐらやのお客様も多くいた。志乃との思い出を懐かしそうに話す人、人生に指針を与えてもらったと涙ながらに語る人。そんな話に奈緒子は真摯に耳を傾けた。

辰夫も悲しみに打ちひしがれ、宗佑もこの時ばかりは、親不孝だった自分を責め続けていた。奈緒子はそのそばで悲しみをこらえるしかなかった。

そして目の前には時代の中で翻弄されるかぐらやがあった。その全責任もまた奈緒子の肩にかかっていた。

けれど、もう泣いてもいい頃だ。

嗚咽《おえつ》が聞こえる。

大女将……。

お義母さん……。

奈緒子は初めて、誰に遠慮することもなく声を上げ泣いた。

二

昼下がりの空は澄んだ水色で遠くに薄い雲が浮かんでいる。立秋が過ぎたあとも、今年の夏は残暑が厳しかったが、今ではもう日の光も淡く穏やかだ。

奈緒子は庭に降り立った。

先日、無事、花嫁のれんを潜った。

黒紅の加賀友禅を着た奈緒子がよほど凜々《りり》しく映ったのだろう。渡り廊下への襖を開けた旅館側の廊下に控えていた知子たち仲居は、感嘆の溜息をついた。

着物の絵柄は宝尽くし。七宝、宝珠、打ち出の小槌《こづち》などの目出度い柄が贅沢なほどの金銀で染め上げられ、きらびやかに描かれている。

志乃が着ていたものだが、その志乃もまた先代の女将たちから受け継いだもの、このかぐらやに代々伝わる女将の着物である。末席にいた彩もほうっと息を詰めた。増岡や板場の哲と健太も目を細めている。

奥の座敷に向かった。

入り口には、花嫁のれんが飾られ、中では辰夫、宗佑、翔太、房子が奈緒子を迎え入れるため待っている。

やり遂げてみせます。

老舗旅館の伝統と格式を守り通しながらも、新たなかぐらやを作り上げてみせます。

そんな決意を胸に、のれんを潜ったのだ。

そして今、奈緒子の手には一通のエアメールがある。

昨日届けられたフランスからの手紙だ。

「遠縁にフランスのシュッドウエストにあるオーベルジュの館の主《あるじ》と結婚した御婦人がいらっしゃいませんか？」

この夏、東京で飛鳥グループの日本橋店の料理長である溝口と会った時、そう聞かれた。

その館があるのは、スペインとの国境に近い田舎町だそうだ。ミシュランの星をとっている名門のオーベルジュらしく、温泉も湧き出ることから長期の逗留客《とうりゅうきゃく》も多く、溝口も修業を兼ねて半年ほど滞在していたらしい。その時、その館の婦人に世話になったのだと。

「確か、能登のご出身とか」

能登と言えば、神楽家の本家の「柿沼《かきぬま》」があり、奈緒子も何度か志乃に連れられ、挨拶に伺ったことがある。

そのことを東京から帰って来てから辰夫に聞こうと思っていたのだが、忙しさにかまけて忘れていたのだ。

「志乃の従姉妹《いとこ》や」

奈緒子が手紙の主を尋ねると、辰夫はそう答えた。何でも二十歳そこそこで日本を飛び出し、フランスへと旅立ったらしい。

ワインに魅了されたのがきっかけだったという。志乃とは数年に一度、手紙のやり取りが続いていたらしいが、辰夫も奈緒子が口にするまで思い出しもしなかった。

封筒の裏には、アドレスと佳乃という名前が書かれていた。手紙には、志乃が亡くなったことへの哀悼の言葉が綴《つづ》られていた。溝口は今でも交流があると言っていたので、伝えてくれたのだろう。

その中には、もう一通の手紙も入っていた。志乃から佳乃に宛てたものである。

日付を見ると、亡くなるほんの一週間ほど前に送ったものだった。懐かしい志乃の筆で時候の挨拶が述べられ、最近のかぐらやの近況が書かれていた。そのあとに続く言葉に奈緒子は息を飲んだ。

そこには「老舗に必要なのは、イノベーション」と書かれていたのだ。

変革である。

時代にともない老舗旅館も変わっていかなければならない。それが出来てこその老舗であると。

——あと、もう一つ。

最後に志乃が伝えたかったこと。奈緒子もずっと気になり、村田にも聞いたが、村田も知らなかった。

その遺言がこれであった。

イノベーションとは、志乃にしてはハイカラな言葉であるが、どこかで目にし、これこそ奈緒子にとっての、あと一つの修業だと決めていたのだろう。志乃は奈緒子のやろうとすることと同じことを考えていたのだ。

でも、それならそうと……。

奈緒子宛てに手紙を残してくれてもよかったのにと、そう思わずにはいられない。

そうすれば、もっと物事ははかどったかもしれない。最後の最後まで奈緒子を試そうと一計を案じていたようでもある。

ほんと、人が悪い。

溜息をつきかけたその時、ヒヤッと寒気がし襟足の首をすくめた。

――えんじょもんの嫁が何を生意気なことを。

志乃の声だ。

思わず辺りを見回してから、苦笑した。

今も空の向こうから見ているのかもしれない。

大女将、これからもかぐらやを見守っていて下さいね。

空を見上げ呟くと、秋の爽やかな風が奈緒子の後ろをふわっと通り過ぎた。まるで志乃が優しくその背を押してくれているように。

「そろそろ、お客様のご到着です」

増岡の声がする。

さあ、今日もお出迎えである。

渡り廊下を渡りながら帯締めをキュッと締め上げる。配膳室前の廊下を横切ると、帳場から房子も出てきた。

「さすがでございます。先見の明を持って、時代を取り入れようとなさっていたとは」

房子も志乃の手紙を読み、声を震わせ感激した。だが、「ですが」と続いた。志乃の言ったイノベーションには賛成だが、奈緒子の好き勝手にさせるつもりはないようだ。

「私の目の黒いうちは、僭越《せんえつ》ながら大女将に代わり、これからもご指導させていただくつもりでございます」そう言いたげに、今も奈緒子を見て、眼鏡の奥からニッと笑う。

そして宗佑である。

何と、奈緒子の目を盗み、台湾にかぐらや弁当の二号店を出店しようと計画していたのだ。何かコソコソ怪しい動きをしているとは思っていたが、まさかそんなことを考えていたとは……。

まだ志乃が立て替えた借金も、奈緒子が肩代わりしたお金も返し終わっていないというのに。

「暑〜い夏でも小籠包が売れる台湾の方がいいんだよ。頼むよ、奈緒子！」

隠していた事業計画書なるものを見つけた奈緒子が、それを片手に問い詰めると、開き直って手を合わせ頼んできた。

まさにとんでもない夫であり、ろくでもない神楽家の長男である。もちろん、出店計画は白紙に戻させたが、まだまだ油断はならない。

そして彩の方だが、アパートが近いこともあり房子と同じように母屋で夜食を食べて帰るようになった。

「何で彩さんがいるんだよ？」

母屋の台所で夜食の支度を手伝っている彩を見て、翔太はギョッとしたようだ。

「奈緒子さんがいいって」

「ちょっと奈緒子さん？」

「いいじゃないの。彩さんも一人で食べるよりは、みんなと一緒の方が楽しいだろうし」

「そういうこと。これからは母屋でもよろしくね、神楽くん」

「そんな……」

やはり翔太はいまだに押し切られている。そして彩は、房子が自分のことを「おかっぱ娘」と呼んでいることにようやく気づいた。

「これはボブです！」

ムキになって言い返す。

「いいえ、おかっぱです」

「いいえ、ボブです！」

互いに譲らない。

志乃がいなくなってからは、母屋にも小さな風穴のようなものが空いていたが、彩のお陰で以前の活気が戻ってきた。

辰夫も、そんな彩を見て、「何や、ここに来た時の奈緒子さんを思い出すな。あの時も、押しかけて来たと思うたら、いつの間にか、母屋で夜食まで一緒に食べだしてたやないか」と言い、「やっぱり、えんじょもん同士、よう似とる」と面白そうに笑っている。

そんな彩は、居間の箪笥の上に飾っている加賀八幡起上りこぼしのひゃくまんさんのお人形に、時々お供えのつもりかお菓子を置いている。

志乃に似ていると誰かから聞いたのだろう。やはり奥座敷のおまつ様の掛け軸より、こちらの方が親しみやすいようだ。

嬉しいこともあった。ようやく翔太がアンヘレスを完成させたのだ。

優香が能登で祖父の栽培している椎茸を送ってきてくれた。

その椎茸は、かさの直系が他の椎茸より大きく厚みもあり、両方の掌を広げたほどの大きさがある。奥能登で栽培されていて原木椎茸の最高峰らしい。これを干して、それで出汁をとりトマトソースと混ぜ合わせたのだ。

一口食べた辰夫が「よし！　合格や」と声を上げた。

かぐらやの新たな名物料理が出来上がり、彩が早速、そのアンヘレスの写真をホームページに載せた。一つ一つだが、着実に新たなかぐらやへ向けて前へ前へと漕ぎ進んでいる。

玄関前の畳に女将である奈緒子を始め、仲居の房子、知子たち、そして彩が揃った。

お客様がお見えになった。

「ようこそ、かぐらやへお越し下さいました」

奈緒子が両手をつき辞儀をする。続いて、仲居たちが辞儀をする。

良き思い出は心の宝。

その宝をつくっていただくことこそ、おもてなしの心。

さあ、今日も頑張るまっし。

笑顔で顔を上げた。

また、かぐらやの一日が始まる。

この作品は書き下ろしです。原稿枚数462枚（400字詰め）。

花嫁《はなよめ》のれん

大女将《おおおかみ》の遺言《ゆいごん》

小松江里子《こまつえりこ》

令和4年9月10日　初版発行

発行人――石原正康
編集人――高部真人
発行所――株式会社幻冬舎
〒151-0051東京都渋谷区千駄ヶ谷4-9-7
電話　03(5411)6222(営業)
　　　03(5411)6211(編集)
公式HP　https://www.gentosha.co.jp/

印刷・製本―図書印刷株式会社
装丁者――高橋雅之

幻冬舎文庫

ISBN978-4-344-43228-4　C0193　こ-45-1

この本に関するご意見・ご感想は、下記アンケートフォームからお寄せください。
https://www.gentosha.co.jp/e/